K.

ANNA VON
MÜNCHHAUSEN

DER LÜGENBARON

Mein phantastischer Vorfahr und ich

Kindler

Originalausgabe
Veröffentlicht im Rowohlt Verlag, Hamburg, Mai 2020
Covergestaltung zero-media.net, München
Coverabbildung commons.wikimedia.org
(CC-PD-Mark)
(Baron von Münchhausens Ritt auf der Kanonenkugel.
Kupferstich von August von Wille. Buchillustration)
Satz aus der ITC Legacy
bei Pinkuin Satz und Datentechnik, Berlin
Druck und Bindung CPI books GmbH, Leck, Germany
ISBN 978-3-463-00014-5

Die Rowohlt Verlage haben sich zu einer nachhaltigen Buchproduktion verpflichtet. Gemeinsam mit unseren Partnern und Lieferanten setzen wir uns für eine klimaneutrale Buchproduktion ein, die den Erwerb von Klimazertifikaten zur Kompensation des CO_2-Ausstoßes einschließt.
www.klimaneutralerverlag.de

FSC
www.fsc.org
MIX
Papier aus verantwortungsvollen Quellen
FSC® C083411

VORWEG: ÜBER DAS LÜGEN UND DIE WAHRHEIT

~

Den Namen kennen viele. Aber die meisten halten ihn für eine gute Erfindung, diesen Baron Münchhausen.

Dass es ihn gegeben hat, wissen nur wenige. Mit Vornamen hieß er Hieronymus Carl Friedrich, und er wurde tatsächlich mal geboren, ja! Am 11. Mai 1720. Vor dreihundert Jahren also.

Ehrlich gesagt, ich selbst wusste früher nicht eben viel über den Lügenbaron. Sicher, einige der üblichen Abenteuer kennt jedes Kind. Das Pferd am Kirchturm, der Ritt auf der Kanonenkugel, der Flug mit den Enten. Auch dass er in Russland unterwegs war, wusste ich, als Kavallerist, und dass er später in seine Heimat zurückkehrte, nach Bodenwerder an der Weser. Dort erzählte er Freunden bei Tabak und rotem Punsch seine unglaublichen Geschichten. Die später, ohne sein Zutun und sein Wissen, veröffentlicht wurden. Was ihn sehr erboste.

Wenn man so will, war Hieronymus Münchhausen der Erfinder des Storytelling. Ja, die kuriosen Abenteuer stammen von ihm selbst. Besser gesagt: Einige stammen von ihm selbst. Allerdings hat er sie niemals aufgeschrieben, sondern nur erzählt. Veröffentlicht wurden sie erstmals in England, und zwar anonym. Die «wunderbaren Reisen und Abenteuer» galten viel zu lange als harmloses Jugendbuch. Erst allmählich entdeckte man, dass in den Texten philosophische Anspielungen stecken, jede Menge.

Diese Andeutungen reichen schon, um feststellen zu können: Die Sache mit dem alten Münchhausen ist kompliziert.

Und deshalb soll sie hier genauer betrachtet und erzählt werden: die Geschichte, wie dank einer unfassbaren Kette von Zufällen aus Hieronymus Carl Friedrich der «Lügenbaron» wurde. Wie es passieren konnte, dass dessen Abenteuer in mehr als vierzig Sprachen übersetzt und in aller Welt bekannt wurden. So bekannt, dass ein Grenzbeamter in Burma, der den Namen meines Vetters Marco von Münchhausen in dessen Pass entdeckte, ihn anlachte und krähte: «Many lies, many lies ...»

Kompliziert ist auch die Frage nach Hieronymus' Nachfahren. Er starb kinderlos, hatte also streng genommen gar keine direkten Nachfahren. Mit ihm näher verwandt sind heute nur die Nachfahren seiner verheirateten Schwestern.

So beschloss ich - die falsche, weil eben nur indirekte Nachfahrin des fälschlicherweise als Lügenbaron populär gewordenen Hieronymus -, mich auf eine Spurensuche zu begeben. Nach Bodenwerder an der Weser, das sich heute «Münchhausen-Stadt» nennt. Auch nach Zürich und Berlin - überallhin, wo er erstaunliche Spuren hinterlassen hat und lebendiger ist, als ich ahnte.

An all diesen Orten lernte ich etwas über das komplizierte Verhältnis zwischen Wahrheit und Lüge.

Wahrheit, behauptet etwa Aristoteles, ist die Übereinstimmung oder die Entsprechung zwischen erkennendem Verstand und einer Sache. Eine andere, volkstümliche Definition lautet: Wahr ist, was sich nach allgemeiner Einschätzung bewährt hat.

Wahr und recht einfach zu erkennen ist, dass Hieronymus Münchhausen ein begabter Fabulierer war. Gelogen ist, dass er ein Lügner oder ein blöder Blender war. Für Hieronymus Münchhausen diente das fabulierende Übertreiben einem Zweck. Er wollte damit Angeber und Aufschneider bloßstellen. Sie ausstechen, sozusagen.

Obwohl es ihm wohl für immer und ewig anhaften wird, ist das Etikett «Lügenbaron» unfair. Er hat nicht gelogen. Er hat seine Erlebnisse mit Hilfe seiner grenzenlosen Phantasie angereichert, sodass Wahrheit und Fiktion verschwimmen, untrennbar, unauflöslich werden, bis der ursprüngliche Sachverhalt nicht mehr zu erkennen ist.

Wahr ist auch, dass es heikel ist, über die eigene Familie zu schreiben. Umso schlimmer, wenn es um eine adlige Familie geht, dieses diffizile soziale Biotop. Hier und da wird unsereins unterstellt, immer schon unverdient reich und unverschämt arrogant gewesen zu sein. Einige meiner Cousinen und Vettern haben einfach mal aufgeschrieben, was sie so erleben, wenn sie ihren Namen nennen. Ihre Stimmen möchte ich in diesem Buch wiedergeben. Ich sage nur: Viel Vergnügen mit dem Namen «von Münchhausen»! Von reich und arrogant kann da keine Rede sein.

In seinem Essay «Was vom Adel blieb» hat der Journalist Jens Jessen beobachtet: «Die adlige Familie ist der wahrscheinlich toleranteste, nachsichtigste, auch barmherzigste Raum, den es in unserer Gesellschaft gibt. Hier trifft jeder Spleen, jedes Gebrechen … auf Respekt und Anteilnahme …» Das stimmt. Und insofern kann auch der Abenteurer Hieronymus immer mit unserer Nachsicht rechnen.

Auf den folgenden Seiten geht es aber um mehr als um sein Leben, seine Abenteuer oder einige Missverständnisse. Es geht darüber hinaus um einen Kunsthistoriker, der seit mehr als zwanzig Jahren über Münchhausen forscht. Um Filme über den Lügenbaron. Und auch um das, was Psychiater das «Münchhausen-Syndrom» nennen.

Vor allem geht es um eine Ehrenrettung, wenn der Lügenbaron dieses Jahr Geburtstag feiert.

Chapeau, Hieronymus!

«WIE – DEN GAB ES WIRKLICH?»

Das Leben von Hieronymus Münchhausen, kurz nacherzählt, und wie seine wüsten Storys den Weg in die Welt fanden

~

Ziemlich fremd war er mir zunächst, dieser Hieronymus Carl Friedrich Freiherr von Münchhausen, als ich mit dem Schreiben loslegte. Seinen ungewöhnlichen Vornamen tippte ich immer wieder falsch. Ständig verdrehten sich die Buchstaben auf der Tastatur, ich schrieb Heronumus, Hiernoanymus, Hyroniemus. Auffallend fand ich die Anspielung auf «anonym» in seinem Namen. Was sollte mir das sagen? Wollte er womöglich einfach in Ruhe gelassen werden? Er war mir unheimlich.

«Tief ist der Brunnen der Vergangenheit ... Sollte man ihn nicht unergründlich nennen?» So beginnt Thomas Mann den Prolog zu seinem Roman «Joseph und seine Brüder». Ist damit nicht das Unbehagen gut beschrieben, das jeden befällt, der sich in frühere Epochen hineinversetzen soll? Der Blick vom 21. Jahrhundert zurück in ferne Zeiten verwirrt. Gerade dieses 18. Jahrhundert war in Deutschland ein Flickenteppich großer und kleiner Fürstentümer. Zahlreiche Bündnisse, Kriege und Friedensschlüsse lösten einander ab. Richtig, auch der Gedanke der Aufklärung nahm hier seinen Anfang. Aber die Hoffnung, daraus könne sich ein Zeitalter der Vernunft entwickeln, wird durch den Siebenjährigen Krieg (1756 bis 1763) jäh zerstört. Einige Historiker nennen ihn bereits einen Weltkrieg, sämtliche Großmächte sind involviert. Die Front verläuft zwischen Preußen und Großbritannien/Hannover auf der einen Seite und dem Habsburgerreich mit Frankreich und Russland auf der anderen. Und mittendrin liegt das kleine Fürstentum Calenberg, zu dem Bodenwerder zählt.

Das alles hinterlässt Spuren im Leben eines weitgereisten Gutsherrn aus Niedersachsen. Ich greife hier ein paar Stationen aus Hieronymus' Biographie heraus, ohne ein geschlossenes Bild zu vermitteln, denn während wir über einige seiner Lebensjahre recht gut Bescheid wissen, gibt es zu anderen nur sparsame Nachweise.

Am 11. Mai **1720** wird Hieronymus Carl Friedrich Freiherr von Münchhausen in Bodenwerder an der Weser geboren, als fünftes Kind seiner Eltern Georg und Sibylle Wilhelmine, geborene von Reden. Getauft wird er auch, das ist festgehalten im Kirchenbuch des benachbarten Kemnade.

Als Hieronymus' Mutter Sibylle ihren Sohn **1733** an den Hof der Fürsten von Braunschweig-Wolfenbüttel schickt, ist der Vater Georg bereits gestorben. Wer weiß, was sie bewogen hat, ihn wegzugeben – wäre so auch entschieden worden, hätte der Vater noch gelebt?

Am herzoglichen Hof dient Hieronymus als Page, eine Art persönlicher Diener des Fürsten. **1735** sind es drei verschiedene, die ihn beschäftigen, zuletzt in Wolfenbüttel Karl I. Dessen Bruder Prinz Anton Ulrich lebt in Sankt Petersburg, auch er benötigt einen Pagen, und so reist der siebzehnjährige Hieronymus am 2. Dezember **1737** in Begleitung zweier Hofbeamter nach Russland, wo er im Februar des darauffolgenden Jahres eintrifft.

1736 wird, nicht weit von Bodenwerder entfernt, nämlich in Hannover, Rudolf Erich Raspe geboren, später Gelehrter, Bibliothekar und Archivar, der eines fernen Tages in England die Abenteuer von Hieronymus veröffentlichen wird. Wir kommen darauf zurück.

Von Sankt Petersburg aus geht es für Hieronymus **1738** gleich weiter, mit Anton Ulrich von Braunschweig zieht er in den Russisch-Türkischen Krieg. Der russische Generalfeldmarschall Graf Münnich erobert die türkische Festung Otschakow, am Schwarzen Meer gelegen. Sie wird später in einigen der Abenteuer von Hieronymus eine Rolle spielen.

Es ist unklar, ob Hieronymus auch am Russisch-Schwedischen Krieg teilnimmt. Jedenfalls wird er zum Kornett (das ist der niedrigste Offiziersrang in der Kavallerie) und später zum Leutnant ernannt im Kürassierregiment Braunschweig, einer Kavallerie-Einheit.

Die Hochzeit von Anton Ulrich und Anna Leopoldowna, einer Prinzessin von Mecklenburg und Nichte der Zarin Anna, muss Tage gedauert haben, sie wird glanzvoll und dem Zeitgeschmack entsprechend prächtig inszeniert – ein Fest, das Hieronymus **1739** miterlebt.

Aber kurz darauf kommt es zu großen Veränderungen am russischen Hof. **1740** stirbt die alte Zarin, und der kleine Sohn von Herzog Anton Ulrich und seiner Frau Anna Leopoldowna wird zum «Zar in der Wiege», für den seine Mutter die Regentschaft ausübt.

Das aber nicht lange. Der Einfluss der deutschen Prinzen-Crew wird von einigen als anmaßend empfunden: Durch einen Putsch kommt Elisabeth, die jüngste Tochter Zar Peters des Großen, an die Macht. Der «Zar in der Wiege» wird entmachtet, seine Eltern schickt man in die sibirische Verbannung, sie sehen ihr Kind nie wieder. Hieronymus erlebt das nur aus der Ferne, er ist inzwischen in Riga stationiert, ahnt aber, dass sein Förderer Herzog Anton Ulrich ihm nun keine Unterstützung mehr bieten kann.

Etwas fürstlichen Glanz erlebt Hieronymus noch einmal, als **1744** Sophie-Augusta von Anhalt-Zerbst (die spätere Zarin Katharina die Große) auf ihrer Reise nach Sankt Petersburg in Riga Station macht. Hieronymus kommandiert die Ehrenwache der Reisegesellschaft, was auch immer das bedeutet hat. Vermutlich hat man ein kleines Diner für die Prinzessin gegeben – kein Vergleich mit den rauschenden Festen, die Hieronymus in Sankt Petersburg erlebt hatte.

Am 2. Februar heiratet Hieronymus Jakobine von Dunten, Tochter eines Landrichters in Livland. Mit ihr lebt er sechsundvierzig Jahre lang zusammen, die Ehe bleibt kinderlos.

1748 wird Gottfried August Bürger geboren, der Übersetzer und Verfasser der Münchhausen'schen Abenteuer auf Deutsch.

Lange hat Hieronymus auf die fällige Beförderung gewartet – **1750** endlich wird er in Riga zum Kaiserlich-Russischen Rittmeister ernannt.

Aus dieser Zeit stammt auch das einzige Porträt, das wir von Hieronymus kennen – in der Uniform seines Regiments, mit schwarzem Dreispitz, Allongeperücke und rotem Halstuch schaut ein halbwegs selbstbewusster Dreißigjähriger den Betrachter an.

Kaum ist die Beförderung geschafft, lässt er sich zunächst vom Militär beurlauben, reist nach Deutschland, um bald darauf ganz aus dem Militärdienst auszuscheiden.

Nun lebt er als Gutsherr in Bodenwerder, streitet mit den Bürgern der Stadt um Grenzpfähle und Zugangsrechte, geht zur Jagd und liebt die Geselligkeit. Bei Tabak und rotem Punsch erzählt er gern raffiniert ausgeschmückte Erlebnisse aus Kriegstagen und von Jagdausflügen. Von Ohrenzeugen war zu erfahren, er habe sich «mit seinen Geschichten nicht in den Vordergrund gespielt» oder gar aufschneiden wollen. «Die Erzählungen ergaben sich aus Stimmungen ganz selbstverständlich.» Nur sehr selten, wie bei einem Festessen in Hannover, wies er angeberische junge Adlige in die Schranken, indem er ihnen eine wild ausgemalte Hofschlittenfahrt in Sankt Petersburg auftischte und sie so übertrumpfte. Das brachte die Schwadroneure zum Schweigen.

Geselligkeit mag er hin und wieder auch als Gast an der Rühländer Wirtstafel in Göttingen gesucht haben, und dort könnte er auch einmal besagten Rudolf Erich Raspe getroffen haben.

In Berlin erscheint **1781** eine Ausgabe des «Vademecum für lustige Leute», eine Sammlung mehr oder weniger spaßhafter Erzählungen. Sechzehn darunter (andere Quellen sprechen von zehn) werden einem Herrn von M-h-s-n zugeschrieben. Wer sie aufgeschnappt, wer sie aufgeschrieben hat – alles im Dunkeln. Immerhin scheint das Bändchen gut angekommen zu sein, denn zwei Jahre später erscheint eine Fortsetzung mit zwei weiteren Erzählungen.

In London übersetzt Raspe siebzehn der achtzehn Vademecum-Beiträge ins Englische und veröffentlicht sie **1785** unter dem Titel «Baron Munchausen's Narrative of his Marvellous Travels and Campaigns in Russia», und zwar anonym. Der Band erscheint in Oxford. Das Büchlein schlägt richtig ein, rasch folgen Fortsetzungen.

In Göttingen stößt oben erwähnter Gottfried August Bürger **1786** auf Raspes Arbeit – ein englischer Student führt das Buch bei sich. Bürger erkennt, was da drinsteckt. Er übersetzt es ins Deutsche und veröffentlicht es, unter einem Titel der Art, wie man es damals für bestsellerverdächtig hielt: «Wunderbare Reisen zu Wasser und zu Lande, Feldzüge und lustige Abentheuer des Freyherrn von Münchhausen, wie er dieselben bey einer Flasche im Circel seiner Freunde selbst zu erzählen pflegt.» Auch Bürger zieht es vor, nicht als Verfasser aufzutreten, und fingiert als Erscheinungsort London. Schon zwei Jahre später erscheint die nächste Auflage. Darin versammelt sind etliche «Seeabenteuer» aus Raspe Teil V, die mit Münchhausens Leben rein gar nichts mehr zu tun haben.

Damit ist der Korso eröffnet für zahllose Erweiterungen und Pseudo-Fortsetzungen durch andere Autoren. Münchhausen wird zu einer Art Raster-Format, das sich beliebig mit abseitigen Erlebnissen füllen lässt.

Was er angeblich seinen staunenden Zuhörern berichtet hat, ist immer nach dem gleichen Muster gestrickt: Superman Hieronymus trifft auf Hindernis / Gefahr / Feinde. Auf Anhieb kein Ausweg erkennbar. Lösung ignoriert sämtliche Naturgesetze und Regeln der Wahrscheinlichkeit, klappt aber.

So haben vermutlich schon seine ersten Jagd- und Wintergeschichten funktioniert, das Autoren-Duo Raspe und Bürger hat das Muster übernommen, erweitert und verfeinert, wobei Bürger das besonders in sprachlicher Hinsicht leistet. Die tatsächlichen Erlebnisse und Erfahrungen von Hieronymus sind jedenfalls zur Unkenntlichkeit verfremdet: Münchhausen ist in der Welt, eine eigenständige literarische Figur.

Derweil stirbt Hieronymus' Ehefrau Jakobine, **1790**, vermutlich ein schwerer Schlag für ihn. Wann genau er von Bürgers «Wunderbaren Reisen ...» erfahren hat, ist ungewiss; aber als es so weit ist, fühlt er sich hintergangen und verleumdet. Als Autor hat er den Göttinger Georg Christoph Lichtenberg in Verdacht und liegt damit zumindest ortsmäßig nicht so weit daneben.

Hieronymus heiratet vier Jahre später die siebzehnjährige Bernhardine von Brunn, doch der Ärger beginnt bereits in der Hochzeitsnacht, als nur sie ausgiebig feiern will. Schon bald danach überfällt ihn die Angst, sie könne durch Leichtfertigkeit und Lebenslust sein kleines Vermögen durchbringen oder ihm womöglich einen falschen Erben präsentieren. Daher reicht er die Scheidungsklage ein, und damit nicht genug: Zur Sicherheit überschreibt der kinderlose Gutsherr seinen Besitz Bodenwerder einem Neffen. Die gewitzten Anwälte von Baronin Bernhardine verweisen in ihrer Gegenklage auf Hieronymus' unseriöses Fabulieren und verleumden ihn als «Lügenbaron». Damit ist der Begriff geprägt, der ihm bis heute anhängt und unwiderruflich für Missverständnisse sorgt.

Als einsamer und verbitterter Greis stirbt Hieronymus am 22. Februar **1797** und wird in der Klosterkirche zu Kemnade bestattet.

Um **1860** wird die Gruft unter der Kanzel noch einmal geöffnet. Einer, der das miterlebte, beschrieb es so: «Wir lösten die Steinplatten, die das Grab bedeckten.» So stieß man auf den vermoderten Sarg. «Da lag er vor uns, leibhaftig, kein Skelett, ein schlafender, breitschultriger Mann, ein Bauer, mit grobem, ehrlichem Gesicht, glattrasiert, mit gefalteten Händen. Kein Zauberer, kein Fälscher, ein guter Mann mit einer guten Stirn. Wir standen stumm und sprachlos um den Unsterblichen herum, dessen Leib die Lehmschicht ein Jahrhundert lang erhalten hatte. Dann aber kam ein heftiger Windstoß, fegte durch die Kirche bis in den letzten Winkel, traf den Toten, und wie ein Spuk fiel Form und Gestalt in sich zusammen ...»

Was für ein Leben. Ein breitschultriger Bauer? Ein lebenslustiger Abenteurer? Ein genialer Fabulierer? Ein Mensch, wenig talentiert zur Selbstoptimierung, der anderen überließ, seine Erzählkunst auszubauen? Gerade die widersprüchlichen Zuordnungen sind der Grund dafür, dass man sich dreihundert Jahre später immer noch für den Mann interessiert.

MÜNCHHAUSENS ABENTEUER, DAMALS

Eine Nacherzählung der bekanntesten Abenteuer des Lügenbarons

Der Ritt auf der Kugel

Am besten gleich heraus mit der Wahrheit. Obwohl der Ritt auf der Kugel im Lauf der Jahrhunderte zum populärsten aller Münchhausen-Abenteuer geworden ist, soll gleich festgestellt werden: Zum Ur-Depot von Hieronymus' Erzählungen gehört diese Episode nicht, darüber herrscht unter den Münchhausologen Einigkeit. Sie stammt daher nicht von Hieronymus, sondern von Gottfried August Bürger, und steht schon in dessen erster Ausgabe der «Wunderbaren Reisen ...», erschienen 1786.

Die Geschichte startet mit dem Angeber-Hinweis, was für ein großartiger Reiter er, der große Abenteurer, doch gewesen sei. Sein Litauer ist ein forscher, trittsicherer Gaul, und wer ein solches Tier gut reiten kann, erfährt der Leser, einem solchen Reiter ist eben noch ein ganz anderes Kunststück zuzutrauen ... So, das zur Einstimmung.

Die Handlung spielt sich ab wie folgt: Als Münchhausen bei einem Feldzug mit seinem Regiment eine Festung belagert, möchte der Feldmarschall zu gern wissen, wie es da drüben wohl aussieht, wie perfekt die Festung gesichert sei und wie viele feindliche Truppen dort liegen.

Da verfällt Hieronymus auf eine absolut geniale Idee, die er, so steht es da, ohne lange nachzudenken auch gleich in die Tat umsetzt. Er stellt sich neben eine der größten Kanonen, die soeben gegen den Feind in Stellung gebracht wurden, und springt mit einem Satz – «hui!» – auf eine gerade abgeschossene Kugel.

Klar, er hofft, einen Blick von oben in die Festung auf der anderen Seite werfen und auf diese Weise, als menschliche Drohne gewissermaßen, die nötigen Informationen einsammeln zu können. Aber – tja, auf halbem Weg, genau in luftiger Höhe und eindeutig zu spät, kommen ihm erhebliche Bedenken: In die Festung hineinzugelangen, ist leicht, aber wie danach wieder heraus? Und außerdem wieder hoch? Die Feinde dort unten könnten ihn ja gefangen nehmen, womöglich an den nächsten Galgen hängen. Schließlich wissen sie, woher sie beschossen werden; und wer sich auf einer Kugel nähert, kommt eindeutig aus dem gegnerischen Lager und hat keine freundlichen Absichten.

Kaum hat Münchhausen sich dies vor Augen geführt, zieht er auch schon die Konsequenz. Die Gelegenheit ist günstig, und lange überlegen wäre unklug. Also schnappt er sich eine der gegnerischen Kugeln, die gerade als Abwehr aus der Festung herausgeschossen werden, hüpft hinüber und landet – wie gewünscht – wieder im eigenen Lager. Wenn er auch den ursprünglichen Auftrag nicht erfüllt hat, so ist er doch heilfroh, den Ritt unbeschadet überstanden zu haben.

Interessant, dass bei Bürger eine genaue Angabe über den Handlungsort der Geschichte fehlt. Erst später wurde dieser Kugelritt mit der türkischen Festung Otschakow am Schwarzen Meer in Verbindung gebracht. Fest steht, dass Hieronymus Münchhausen mit seinem Fürsten Anton Ulrich von Braunschweig am Russisch-Türkischen Krieg teilnahm. Otschakow, das heute zur Ukraine gehört, taucht als Ort aber erst in der Erzählung vom halbierten Pferd auf.

Und noch etwas ist auffällig: Nach Gustave Doré haben sich die meisten Münchhausen-Illustratoren diesen Aufklärungsflug nicht entgehen lassen, wie auch der Einband dieses Buchs zeigt. Aber, wie der Münchhausen-Forscher Bernhard Wiebel bemerkt: den Anflug von Panik, der den Kugelreiter packt, den haben die meisten Zeichner nicht wiedergegeben, obwohl er eine psychologisch wichtige Rolle spielt. Wie konnte man ihn außen vor lassen? Ja, der Aufklärungsflug wäre dem Helden beinahe zum Fluch geworden. Als er erkennt, in welche Gefahr er sich selbst gebracht hat, überfällt ihn Todesangst.

Unsterblich wurde dieses Abenteuer auch dank der aufwendigen Trick- und Kameratechnik im Film «Münchhausen» von 1943. Der strahlend blauäugige Hans Albers auf der Kugel wurde der schönste Lügenbaron aller Zeiten.

Wie vieles andere im Leben von Hieronymus ist uns auch nicht bekannt, ob er eigentlich etwas von Astronomie verstand. Dass er sich immerhin aber für den Mond interessierte, das behauptet jedenfalls sein Ghostwriter Gottfried August Bürger forsch, denn der Mond spielt in gleich zwei Abenteuern eine Rolle. Sie zählen bei uns zu den weniger bekannten, haben aber zum Beispiel in Russland erstaunliche Folgen nach sich gezogen; dazu später.

Handlungsort der ersten Geschichte ist zunächst wieder die bewährte türkische Festung am Schwarzen Meer, hier namentlich genannt: Otschakow. Doch diesmal, erfahren wir, hat Hieronymus weniger Glück. Obwohl sein Pferd so schnell und seine Tapferkeit wie immer ungeheuerlich ist, passiert es, dass er in Kriegsgefangenschaft gerät. Weil er vermutlich als Gefangener eher lästig ist und sich laufend beschwert (diese Wesenszüge sind in unserer Familie nach wie vor nicht selten), reicht die Armee ihn bald als Sklaven weiter, und zwar wird er Sklave des Sultans. Wie der heißt, wo er lebt? Alles im Dunkeln.

Ein Münchhausen als Sklave, das ist allerdings eine befremdliche Vorstellung. Vermutlich hat der echte Hieronymus über das Leben eines Sklaven nicht allzu viel gewusst. In Bürgers Erzählung, wo wie immer munter drauflos erfunden wird, erfahren die Leser, der gute Baron habe «im Stande äußerster Demütigung» gelebt. Von wegen hier mal ein bisschen jagen, da mal ein bisschen feiern und zwischendurch ein bisschen kämpfen: damit ist nun Schluss. Er muss für den Sultan arbeiten, und da ihm offenbar harte körperliche Arbeit nicht liegt, hat er die Bienen des Sultans zu hüten! Die Tierchen sollen jeden Morgen in blühende Weidegründe geführt werden, wobei Sorge zu tragen ist, dass keine sich zu weit entfernt. Abends, so lautet die Aufgabe, sollen sie zurück in ihre Körbe gebracht werden.

Das geht gut, bis Hieronymus eines Abends feststellt, dass eine der Bienen fehlt. Er macht sich auf die Suche und muss mit ansehen, wie zwei Bären über sie herfallen, um ihr das winzige Tröpfchen Honig zu entreißen. Hieronymus hat – er ist ein Sklave! – keine Waffe dabei, nur eine silberne Axt, wie sie die Gärtner und Bauern des Sultans offenbar als Werkzeug benutzen. Diese Axt schleudert er den Bären entgegen, um sie in die Flucht zu jagen. Dabei muss sein Arm einen solch ungeheuerlichen Schwung entwickelt haben, dass die Axt fliegt und fliegt und immer noch weiter fliegt, über den Horizont hinaus, um schließlich den blauen Planeten zu verlassen – und auf dem Mond zu landen.

Auf dem Mond! Wie soll er jetzt um Himmels willen seine Axt zurückbekommen? Welche Leiter wird in diese Höhe reichen?

Glücklicherweise fällt ihm in diesem Augenblick ein, dass die türkische Bohne die Eigenschaft hat, äußerst schnell zu wachsen und hoch nach oben zu ranken. Er pflanzt also eines dieser Wundergewächse, und tatsächlich: Es handelt sich um eine Powerbohne, sie hört nicht auf zu wachsen, bis sie den Zipfel des abnehmenden Mondes erreicht. An dieser botanischen Leiter den Himmelskörper zu erreichen, ist ein Kinderspiel, klar, und viele, viele Jahre vor Neil Armstrong landet Hieronymus Münchhausen also auf dem Erdtrabanten.

Aber wo ist bloß die Axt? Da oben, stellt er fest, glänzt alles wie Silber, und sie zu finden, ist die nächste Herausforderung. Irgendwo liegt sie dann doch herum, in einem Haufen Spreu und alten Ranken.

So, nun schnell wieder hinab zur Erde. Aber die Wunderbohne hat die Reise nicht gut überstanden und ist in null Komma nichts eingeschrumpelt, wegen des starken Sonnenlichts dort oben, lesen wir. Wahrscheinlich meint er einfach den Mondschein – aber wie auch immer: Die Bohnenleiter ist dahin.

Hieronymus sieht sich gezwungen, aus Spreu und Stängelmaterial einen neuen Strick zu basteln, den er an das Horn des Mondes bindet, um sich daran herabzuhangeln. Natürlich ist der Strick nicht lang genug für diese Entfernung, und so hält er sich mit einer Hand daran fest, während er mit der anderen mit Hilfe der Silberaxt jenen Teil des Stricks kappt, an dem er bereits herabgeglitten ist. Dann knüpft er ihn wieder unten an, um das nächste Stück der Strecke zu bewältigen. Ein Wunder der Knüpfkunst und Balance, leider nicht so solide, wie gewünscht: Als Hieronymus noch mitten in den Wolken steckt, da versagt der Strick, und der Pionier der Raumfahrt rauscht ungebremst der Erde entgegen. Er rammt in den Erdboden, mehrere Meter tief, und niemand hat's bemerkt, der ihm jetzt da heraushelfen könnte.

Was für eine Wendung des Geschicks: gerade noch weit oben im All unterwegs, nun irgendwo unter der Erdkruste. Aber als ob das etwas wäre, was Hieronymus in Verzweiflung stürzen könnte. Schnell läuft er nach Hause, holt einen Spaten und gräbt sich selbst Schicht für Schicht wieder frei.

Das Ganze hat längst nicht so lange gedauert, wie man es angesichts der zurückzulegenden Entfernungen für möglich halten könnte. Die Wärter des Sklaven Münchhausen haben dessen Abwesenheit nicht einmal bemerkt! Was nur bedeuten kann, dass sie es mit ihrer Aufgabe nicht besonders ernst genommen haben.

Ja, diese Geschichte lässt wirklich die Kategorien Raum und Zeit obsolet werden.

Für die nächste Reise zum Mond nimmt er, viele Jahre später, ein Schiff. Dieses Schiff wird in der Südsee von einem gewaltigen Orkan in die Höhe gehoben, und zwar sehr hoch und vor allem sehr lange: Volle sechs Wochen schwebt dieser Segler über den Wolken! Und was erspäht Münchhausen dann endlich unter ihm? Eine schimmernde Insel, passenderweise mit Hafen. Es ist – der Mond.

Alles, was auf dem Mond lebt, ist unfassbar groß, Fliegen etwa haben das Ausmaß von Schafen. Und die Mondbewohner, zweibeinig, reiten auf Geiern und kochen gern. Was sie zubereiten, müssen sie aber nur einmal im Monat essen, dabei schieben sie ihre Mahlzeit einfach komplett links in den Magen hinein. Sehr sonderbar auch, dass die Mondbewohner keine Liebe kennen, denn sie sind eingeschlechtlich. Ihr Nachwuchs entsteht aus dem Samen von Nüssen – ja, das Leben auf dem Mond fasziniert Hieronymus sehr.

Leider bleibt unerwähnt, wie er vom Erdtrabanten aus

wieder zurückgefunden haben will. Wahrscheinlich ganz einfach: Sein Schiff lag noch im Mondhafen, ein Orkan brach aus, und hui! flog man wieder zur Erde zurück. Noch Fragen?

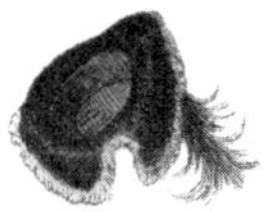

«EIN WAHRHEITSLIEBENDER MENSCH»

Besuch bei Otto Freiherrn von Blomberg, einem echten Nachfahren von Hieronymus

~

Noch drei Kurven auf der Landstraße im Weserbergland, dann geht es links hinein auf einen Gutshof, Nienfeld im Auetal. Hinter den Wirtschaftsgebäuden wartet das Gutshaus, erbaut 1792 von Franz Carl von Münchhausen, zweistöckig mit Walmdach, davor zwei mächtige Walnussbäume. Bei der Ankunft kommt sofort der Hund des Hauses auf mich zu, neugierig, gefolgt von seinem Herrn.

Wer einer Sache auf den Grund gehen möchte, der braucht fachlichen Beistand. Daher habe ich mich auf den Weg nach Niedersachsen gemacht, zu Otto Freiherrn von Blomberg. Ein freundlicher Herr von sechsundsechzig Jahren im Leinenjanker, nicht nur Land- und Forstwirt, sondern ausgesprochen historisch interessiert. Otto, habe ich erfahren, weiß alles über Hieronymus Münchhausen. Das hat einen besonderen Grund: Mit Hieronymus ist Otto Blomberg viel näher verwandt als alle anderen Münchhausens; immerhin zwei seiner Mehrfach-Urgroßmütter waren Schwestern des kinderlos verstorbenen «Lügenbarons». Wenn ich erklären sollte, warum es gleich zwei waren – nein, das führt hier zu weit. Fest steht: Otto –

wacher Blick, vertrauenerweckende Bassstimme – ist familiengeschichtlich beschlagen und meilenweit kundiger als ich.

Nach ein paar Minuten stehen wir im oberen Flur des Gutshauses, wo an den Wänden reihenweise Ahnenbilder warten; ich erkenne keinen Einzigen der Porträtierten, daher muss Otto weit ausholen, steigt die Leiter der Generationen hinauf und hinunter, nennt Namen und Schicksale bis zurück ins 17. Jahrhundert. Schließlich erwähnt er eine Anna Margarethe Münchhausen, verheiratete Blomberg, geboren in Windischleuba, bei Altenburg. Diese seine Großmutter, Anna Blomberg geborene Münchhausen, hat Otto noch erlebt, sie starb 1960. Wir sehen sie in Pastell, 1902 auf dem Höhepunkt ihrer Schönheit. Woraufhin ich eine freche Bemerkung fallen lasse: «Schönheit und gutes Aussehen waren in unserer Familie nicht unbedingt verbreitet, deswegen muss, falls vorhanden, darauf hingewiesen werden.»

Darauf geht der höfliche Otto aber nicht weiter ein, sodass ich die Gelegenheit nutze, um auf unser zentrales Thema zu kommen, den Grund meines Besuchs:

Aber wie war das denn nun mit Hieronymus, Otto?

Otto seufzt ein bisschen, um dann lakonisch zu erklären: «Über Hieronymus ist im Grunde alles gesagt.»

Ich verstehe. Aber irgendwo müssen wir ja anfangen und einen Haken in die Geschichte hängen. Wie wäre es mit Rudolf Erich Raspe, der das erste richtige Münchhausen-Buch veröffentlicht hat?

«Rudolf Erich Raspe, geboren 1736, gestorben 1794, war eine Art Universalgelehrter und Bibliothekar, hoch intelligent. Er trieb tausend Themen voran. Da er kaum über eigene Mittel verfügte, musste er jemanden suchen, der ihn finanzierte. Übrigens hatte er sich auch an der jungen Göttinger Universität beworben, bei dem damaligen Kurator und Gründer der Universität Gerlach Adolph Münchhausen. Der hatte ihn aber abgelehnt.»

Oh weh.

«Solche Erfahrungen haben ihn gekränkt, das scheint mir ein heikler Punkt gewesen zu sein. In einer der Göttinger Gaststätten, in denen man üblicherweise aß, ist er möglicherweise sogar auf Hieronymus Münchhausen gestoßen. Aber Raspe musste vorn im gewöhnlichen Speisesaal sitzen, während die Adligen in einem Extraraum speisen durften. Und das, obwohl Raspes Mutter eine geborene von Einem war, er also zur Hälfte selbst adliger Herkunft war. Bloß war es leider die falsche Hälfte.»

War das ein Stachel für Raspe?

«Ganz sicher. Er fand schließlich eine Anstellung beim Landgrafen von Hessen-Cassel, dessen Sammlungen er betreute. Eine Art Museumsdirektor. Oder Bibliothekar.

Außerdem hat er Bücher geschrieben, war stark befasst mit den damaligen Ideen der Erdentstehung, mit den Theorien der Vulkanisten und der Neptunisten.

In Kassel bot er Führungen durch die Sammlungen des Landgrafen an, und in den dortigen Gästebüchern ist Hieronymus aufgeführt. Also auch da mag Raspe ihn getroffen haben.»

Interessant, aber wir wissen es nicht, richtig?

«Nein, ich halte es auch für völligen Quatsch, dass er angeblich Privatsekretär gewesen sein soll bei Hieronymus ...»

Hieronymus hat sicherlich keinen Privatsekretär gehabt!

«Eben. Passt gar nicht in sein Leben in Bodenwerder. Raspe also hat auch die große Münzsammlung des Landgrafen betreut. Hat Spezialschränke bauen lassen, mit unzähligen Schubladen, um die Münzen zu sortieren und einzuordnen ... Und er hat dem Landgrafen ständig in den Ohren gelegen, was er alles noch machen könnte und sollte. Aber der hat meist abgewunken: Ja, nun mal friedlich, Junge, erst mal das eine.»

Der kluge Raspe scheint leicht übermotiviert gewesen zu sein.

«Immerhin hat er einen umfangreichen Katalog über die Münzsammlung verfasst und hat es dann irgendwann nicht sein lassen können, zumindest die goldenen Münzen in die eigene Tasche zu stecken.»

Um Himmels willen ...

«... um damit 1775 nach London zu flüchten. Frau und Kinder hat er zurückgelassen.»

Das wurde natürlich sofort entdeckt.

«Natürlich wurde ihm hinterhergejagt, aber vergebens.»

Warum denn ausgerechnet nach London? Der König von England, Georg II., war immerhin Welfe. Also wimmelte es in London doch sicherlich von Niedersachsen, die Raspe und seine Geschichte kannten?

«Wie auch immer, Kassel liegt in Hessen, ein Stück weit weg von Hannover und London. Erst mal hat er von den restlichen goldenen Talern gelebt, fand in London viele Freunde, aber die Taler waren irgendwann alle, und so musste er doch wieder Geld verdienen. Er hat dann Betreiber von Bergwerken beraten und wieder sein Thema Erdgeschichte verfolgt.»

Wissenschaftlich bestimmt verdienstvoll, aber nicht gerade sehr einträglich.

«Dann kam er auf die Idee, eine Satire zu schreiben. Kein Kinderbuch! Eine Satire. Das war damals modern. Und so hat er auf Englisch, so etwas verklausuliert, ‹Die Abenteuer des Barons M...h...s...n› verfasst. Hat sich hingesetzt und lauter Geschichten aufgeschrieben, die er alle diesem Baron, der in Bodenwerder in der Nähe von Göttingen lebte, in die Schuhe schob. Er lässt ihn als Ich-Erzähler auftreten. In der Art von: *Ich* reise nach Russland, und *ich* schieße mein Pferd vom Kirchturm, *ich* werde beinahe vom Wolf gefressen etc. Es sind eben diese Winter- und die Jagdgeschichten, von denen man noch vermuten kann, dass sie Anklänge von dem haben, was tatsächlich von Hieronymus im Tabakskollegium erzählt worden war.»

Aber der Weg dieser mündlichen Erzählungen zu Raspe war doch überhaupt nicht nachzuvollziehen? Raspe war ja gar nicht dabei, als Münchhausen seine Abenteuer zum Besten gab.

«Natürlich nicht. Vermutlich hat er es aus zweiter Hand gehört. Hieronymus Münchhausen selbst hat nichts aufgeschrieben. Er hat spontan erzählt, aus seinem ausgesprochen großen Erlebnisschatz.»

Dann lass uns jetzt doch von der Raspe- in die Hieronymus-Geschichte einschwenken. Ist denn historisch verbürgt, dass

Hieronymus in Russland war, wo viele seiner Abenteuer spielen? Wie verlief seine Reise dorthin?

«Ja, das ist verbürgt. Im November 1737 setzt sich eine Gruppe von Hofbeamten in Wolfenbüttel in die Kutsche, um mit Hieronymus und einem weiteren Pagen nach Sankt Petersburg zu reisen. Ich vermute, dass sie damit höchstens bis Warschau gekommen sind, dann brauchten sie Schlitten.»

Es war tiefer Winter, Eis und Schnee.

«Sie sind im Februar 1738 angekommen. Haben also drei Monate für eine Strecke gebraucht, die wir heute in anderthalb Stunden mit dem Flugzeug zurücklegen. Die Tage waren kurz. Sie mussten immer relativ früh ein Quartier für die Nacht suchen. Es werden Gutshöfe gewesen sein, Gasthäuser, Poststationen oder Ähnliches, wo man dann stundenlang zusammengesessen hat, bis es Zeit war, ins Bett zu gehen. Und morgens war es immer noch stockfinster.»

Keine Vergnügungsreise.

«Vielleicht doch. Man gab ihnen heiße Steine mit für unterwegs in der Kutsche, die große Felldecke obendrauf ... und wenn man nicht bloß so vor sich hindämmerte, hat man sich unterwegs Geschichten erzählt. Mit siebzehn Jahren ist man doch wie ein Schwamm mit großen Ohren, man merkt sich das alles: Der junge Hieronymus war sicher voller Aufregung und Adrenalin: Es geht nach Sankt Petersburg – wo ist das überhaupt?

Er hört ja nicht nur die Geschichten, die man sich im Schlitten oder abends im Quartier erzählt. Er sieht die

Wölfe am Waldrand laufen ... Und im Gasthaus gibt es dann ja auch den Wirt und andere Gäste. Kurz: Er sieht und hört Geschichten ohne Ende.

Dann kommen sie in Sankt Petersburg an, im Februar 1738. Kaum sind sie da, macht die russische Armee mit dem Prinzen Anton Ulrich von Braunschweig rechtsum kehrt und marschiert ans Schwarze Meer. Man braucht schon einen Globus, um diese Strecken nachzuvollziehen. Was für ein Erlebnis, dieser Feldzug!»

Worum ging es denn in diesem Krieg?

«Das russische Zarenreich kämpfte gegen das Osmanische Reich, 1736 bis 1739, es ging um die Rückeroberung Konstantinopels und um einen Zugang zum Schwarzen Meer, um die Krim und auch um die berühmte Festung Otschakow, die dann später Schauplatz der wunderlichen Kanonenkugel-Geschichte wird.»

Was schätzt du, wie lange wird die Reise nach Sankt Petersburg und der Feldzug ans Schwarze Meer gedauert haben?

«Selbst wenn sie ununterbrochen geritten sind, brauchten sie dafür viele Wochen. Das Erlebnis dieses Feldzugs, dann das Leben am Hof in Sankt Petersburg, einer der prächtigsten Höfe Europas damals: all das muss Hieronymus enorm beeindruckt haben.»

Wurde am Hof Russisch gesprochen?

«Nein, meist Deutsch. Hieronymus hatte keine Mühe, sich mit den Menschen dort zu verständigen. Sein Platz bei der Tafel war hinter dem Stuhl des Prinzen Anton Ulrich von Braunschweig-Wolfenbüttel. Die alte Zarin Anna saß gleich daneben, und die zukünftige Zarin Anna Leopoldowna war die Ehefrau von Anton Ulrich. Wahrscheinlich hat Hieronymus auch die große Hochzeit der beiden miterlebt, 1739. Als Page steht er unmittelbar neben seinem Dienstherrn, und das mit neunzehn Jahren!»

Was ist ein Page eigentlich, was hat er zu tun? Man kennt das allenfalls nur aus alten Grand Hotels, wo der Page eine Art Laufbursche war.

«Mit Pagen schmückte sich ein bedeutender Mensch. Der Page ist für kleine Zureichungen zuständig, die Speisen etwa, und er schenkt ein. Im Zweifelsfall hilft er beim Anziehen, und wenn man beim Feldzug mit Zelt unterwegs ist, kümmert er sich als persönlicher Diener. Hieronymus musste das Leben am Hofe, die Riten und den Comment auch erst einmal lernen. Je vornehmer der Rang, desto mehr Pagen hatte ein Herrscher.

Hieronymus wird sich wahrscheinlich ziemlich hervorgehoben gefühlt haben, als Page beim Thronfolger-Ehepaar, und er wird unendlich viel aus erster Hand miterlebt haben. Worüber man gesprochen hat, wie man sich betrunken hat, wie man sich stritt ...»

Wissen wir etwas über seine Eigenschaften und Vorzüge, zu der damaligen Zeit?

«Ich vermute, dass er nicht nur ganz nett aussah, sondern auch ein freundliches Wesen hatte. Er schreibt in einem Brief an seine Mutter, er werde dort sehr gut behandelt, besonders ‹bei den Dames› hätte er ‹viele Oblichancen›. Ich nehme auch an, dass die Herzogin von Kurland, die Frau des sehr einflussreichen Graf Biron von Kurland, ihn sehr in ihr Herz geschlossen hatte. Er wurde einfach gemocht, vermutlich.»

Wie lange konnte man denn Page sein? Wahrscheinlich musste man dafür doch ziemlich schmal und zierlich sein.

«Genau. Langsam wird er zu alt dafür, daher wird er Soldat und kommt in das Braunschweigische Kürassierregiment.»

Was ist das?

«Das war das schwere Kavallerie-Regiment seines Brötchengebers, das in Riga stationiert war, glücklicherweise weit weg von Petersburg. Das hat ihm wahrscheinlich das Leben gerettet.»

Wieso denn das?

«Anna Leopoldowna, die Ehefrau von Anton Ulrich, war die Nachfolgerin von Zarin Anna Iwanowna, wurde aber von ihrer Cousine Elisabeth weggeputscht. Aus Sicht der Russen war dort am Hofe viel zu viel Deutsches. Die Frau von Anton Ulrich, dem Braunschweig-Wolfenbüttler, war eine geborene Prinzessin aus Mecklenburg. Also schwierige Erbverhältnisse am russischen Hof. 1741 putschte die Cousine Elisabeth Petrowna.»

Und diese Elisabeth wurde also Zarin.

«Ja, sie war die einzige noch lebende Tochter von Peter dem Großen.»

Also spielten die Braunschweiger Herrschaften plötzlich keine Rolle mehr ...

«Schlimmer: Sie wurden nach Sibirien verbannt. Von dort sind sie nie zurückgekehrt.»

Das hat Hieronymus also alles aus der Nähe miterlebt. Was bedeutete es für ihn? Hat er darüber nach Hause geschrieben?

«Die Familie Braunschweig war jedenfalls fort, und die Erinnerung an sie musste restlos getilgt werden, alle

Urkunden, alle Zertifikate wurden gesäubert, der Name durfte nicht mehr erwähnt werden ... Hieronymus war zu seinem Glück im fernen Riga.»

Die Panik muss groß gewesen sein – er hatte keinen Schutzpatron mehr. Alles, worauf er bisher gesetzt hatte, galt nichts mehr.

«Er gehörte eben zu der deutschen Fraktion und war von daher nicht mehr vorgesehen.»

Waren die Braunschweig-Kürassiere noch an einem Feldzug beteiligt?

«Der letzte Türken-Feldzug war mit einem Frieden beendet worden. Es gab noch einen russisch-schwedischen Konflikt. Allerdings ist offen, ob Hieronymus daran beteiligt war oder ob er zu jener Zeit in Riga blieb. Es gibt einen Brief an seine Mutter in Bodenwerder: ‹Liebe Mutter, im Lauf der letzten Kampagne ist mir meine gesamte Unterwäsche abhandengekommen, bitte schicke mir doch neue.› Das ist ein unglaublicher Satz.»

Wie bitte – er kann doch nicht ernsthaft aus Riga nach Hause schreiben, man solle ihm Unterwäsche schicken?

«Vielleicht spielte das damals eine andere Rolle. Und er schreibt noch einen anderen Satz: ‹Für mich hat sich die Sonne verdunkelt ...›»

Das war deutlich.

«Womöglich traute er sich nicht, genauer darüber zu schreiben und zu schildern, was sich zugetragen hatte, beziehungsweise was er davon überhaupt wusste.»

Wie war eigentlich die Mutter von Hieronymus?

«Das war Sibylle von Reden, aus Hastenbeck, nahe Bodenwerder. Hieronymus' Vater war nicht sehr weit geritten, um eine Frau zu finden.»

Wie wohl häufig üblich. Musste Hieronymus in Riga damit rechnen, dass seine Briefe zensiert wurden?

«Wir dürfen uns das ja nicht so vorstellen, dass seine Familie daheim an der Weser über Fernsehen und Internet erfuhr, wie Anna Leopoldowna mit ihrem Mann Anton Ulrich nach Sibirien geschickt worden war. Das musste alles geheim bleiben.

Trotzdem hat Hieronymus sich in Riga offenbar recht wohl gefühlt. Er kannte die baltischen adligen Familien, das gesellschaftliche Leben, er war viel auf Jagd, was machte man da auch sonst anderes? Auf diese Zeit gehen die vielen schönen Jagdgeschichten zurück. Die Jagd ging hauptsächlich auf Enten, Hasen, Fuchs, vielleicht sogar Wölfe. Womöglich auch Bären. Das sind aber Geschichten, die Raspe aufgeschrieben hat.»

Aha, jetzt schalten wir wieder zurück nach London?

«Genau. Also, wie schon erwähnt, Rudolf Erich Raspe schreibt 1785 eine Satire. Das heißt, alles, was ihn geärgert hat, spießt er jetzt auf mit dieser Satire. Wenn Baron M…h…s…n auf dem Friedhof steht und sein Pferd am Kirchturm hängen sieht, dann nimmt er seine beiden Pistolen und schießt dem Pferd das Halfter durch. Dahinter steht das Bild: Er steht auf geweihter Erde und schießt beidhändig auf die Kirche.

Auch bei einer meiner Lieblingsgeschichten, dem Hirsch, dem ein Kirschbaum zwischen den Geweihstangen wächst, wird ganz klar auf die Hubertus-Legende angespielt. Nur eben kein Kreuz, sondern ein Kirschbaum.»

Wie kamen Raspes Geschichten denn an?

«Raspes Geschichten wurden ein unglaublicher Verkaufserfolg, auf der Stelle, eine Auflage jagte die nächste. Es ist eine Satire auf den Adel, die Monarchie, die Kirche und das Papsttum. Jede neue Auflage brachte neue Geschichten. Und Raspe verdiente Geld.»

Und Hieronymus, der 1750 nach Bodenwerder heimgekehrt ist und dort das ruhige Gutsherren-Leben führt, hatte davon wirklich keine Ahnung?

«Nein, er wusste noch nichts davon. So schnell ging das damals nicht. Die Engländer jedenfalls liebten diese Geschichten sehr, sie verkauften sich wie geschnitten Brot.»

So hätte es ja bleiben können.

«Dann aber gibt es in Göttingen einen englischen Studenten. Er wohnt zur Untermiete bei Gottfried August Bürger, seines Zeichens Dichter, Schriftsteller und so weiter. Bürger entdeckt das Raspe-Buch bei dem Studenten und fragt: ‹Was ist das denn? Zeig mal her. Und wieso Münchhausen, Bodenwerder? Das ist doch hier um die Ecke ...›»

Das kann ihm natürlich keine Ruhe lassen.

«Und weil Bürger ein ambitionierter Schriftsteller ist, setzt er sich hin und übersetzt das Raspe-Buch. Er schmückt das Ganze aus und fügt noch etliche Münchhausen-Geschichten hinzu, macht ein sogenanntes Volksbuch daraus. Ein Kinderbuch ist es immer noch nicht, dazu sind die Geschichten auch zu gruselig. Aber Bürger ist es, dem dann die große Verbreitung in Deutschland gelungen ist.»

Also auch seine Münchhausen-Abenteuer werden sofort ein Verkaufserfolg?

«Ja, und daran hängten sich auch sofort andere Autoren, die die Geschichten erweiterten. Übersetzungen folgten bald, in zahlreichen Sprachen. Münchhausens Abenteuer sind zeitweise häufiger verkauft worden als die Bibel. Der Ritt auf der Kanonenkugel ist übrigens eine Erfindung von Gottfried August Bürger.»

Und als Bürgers Buch ein Erfolg wurde, da …

«… genau, da taucht das Buch natürlich auch in Bodenwerder auf. Jetzt bekommt Münchhausen mit: Es gibt Bücher, die mit seinem Namen arbeiten. Er ist die Hauptfigur! Angeblich erzähle er komische Geschichten. Allein die Tatsache, dass sein Name mit so etwas in Verbindung gebracht wird, hielt er für empörend, für ehrenrührig.»

Er ist stinksauer?

«Aber wie! Anfangs vermutete er, dass Georg Christoph Lichtenberg dahintersteckte, der Göttinger Mathematiker und Schriftsteller.»

Moment mal, lieber Otto. Dass Hieronymus selbst nach seiner Rückkehr aus Riga im Kreis seiner Nachbarn, Freunde etc. Geschichten erzählt hat, das ist aber doch verbürgt?

«Ja, das ist verbürgt.»

Hat er dann nicht als Erstes seine Zuhörer von damals verdächtigt, alles weitergetragen zu haben?

«Das ist nicht festgehalten, offenbar hat er es ihnen nicht unterstellt. Jedenfalls haben diese Zuhörer keine Bücher geschrieben.

Deswegen habe ich vorhin so weit ausgeholt: Mit seinen Russland-Erlebnissen kommt Hieronymus 1750 nach Bodenwerder, verheiratet mit Jakobine von Dunten, Tochter eines der baltischen Nachbarn in Riga. Er ist 1750 genau dreißig Jahre alt. Es folgt eine lange, glückliche, aber kinderlose Ehe mit Jakobine. Als Hieronymus siebzig ist, stirbt Jakobine, und es gibt eine zweite Ehefrau. Ein flüchtiger Bekannter von Hieronymus tritt mit seiner Tochter, Bernhardine, auf den Plan ...»

Irgendwo heißt es, sie sei seine Patentochter gewesen ...

«Ach was, Patentochter! Ihr Vater ist ein mittelloser Major aus dem nahen Polle. Irgendwer muss diesem Mädchen gesteckt haben, kümmere dich mal um den Alten, da ist was zu holen. Hieronymus jedenfalls beißt an. Der Ärger geht dann allerdings schon damit los, dass er sagt: Wir heiraten in aller Stille, ich gehe um 22 Uhr zu Bett. Die blutjunge Bernhardine fand das nicht witzig, hatte selbständig eine Kapelle bestellt und wollte feiern.»

Das kann man einer Neunzehnjährigen nicht verdenken.

«Es wurde gefeiert, die Kapelle, von Bernhardine bestellt, spielte, und gegen drei Uhr morgens hat Frau Nolte, die alte Haushälterin, sehr energisch darauf gedrungen, dass es nun reiche. Sie schickte die Musiker nach Hause und sagte, Bernhardine solle sich jetzt mal um ihren Ehemann kümmern.»

Woher stammen diese Details?

«Von Albrecht Münchhausen, er lebte von 1798 bis 1880 und hat den ‹Nachtrag› zum ‹Treuer› geschrieben. Der Treuer ist die große Münchhausen'sche Familienchronik, erschienen 1740. Darin wird Hieronymus gerade noch als geboren erwähnt. Im ‹Nachtrag› gibt es einen ausführlichen Artikel über ihn, in dem Albrecht das Leben von Hieronymus und die tragische zweite Ehe beschreibt. Albrecht Münchhausen war selbst pingeliger Jurist, der das Bodenwerder-Archiv leider erst in die Finger bekam, kurz bevor es eingestampft wurde – eine Todsünde. Bodenwerder war nämlich verkauft worden.»

Musste Hieronymus Bodenwerder verkaufen?

«Nein, er nicht, erst der Urenkel seines Bruders Wilhelm verkaufte Bodenwerder, circa 1870. Um es vor eventuellen Ansprüchen zu sichern, hat Hieronymus es schon zu Lebzeiten seinem Neffen aus Rinteln überschrieben. Dort saß sein Bruder Wilhelm und war Landrat. Dessen Sohn (auch) Wilhelm war der Erbneffe von Hieronymus, ihm überschrieb Hieronymus Bodenwerder im Jahr 1794, damit Bernhardine nicht plötzlich mit Kindern ankam, die nicht von ihm stammten.»

Also erkannte Hieronymus ziemlich schnell, dass diese Ehe ein Unglück war?

«Ja, sofort. Bernhardine hatte sein Vermögen, falls es das überhaupt gab, relativ schnell verjubelt, sich teure Kleider schneidern lassen, sie wollte Frau Baronin spielen. Hieronymus wusste, was in der Kasse war, nämlich herzlich wenig. Daraufhin nahm er ihr erst einmal die Schlüssel weg. Dann hatte sie auch noch diverse Liebschaften, etwa mit einem Schreiber aus Polle.»

Was wissen wir denn gesichert über den Scheidungsprozess, der wohl 1795 begann?

«Bernhardine hatte in Hannover einen Advokaten gefunden, der sie vertrat und Hieronymus beziehungsweise dem Gericht üble Briefe schrieb. In einem dieser Schreiben wird er als ‹der Lügenbaron› bezeichnet. Diese Bezeichnung ist aus den Akten herausgekrochen und wabert seitdem um die Welt.»

Es war eine gezielte Kränkung.

«Das sollte es sein. All diese schönen Geschichten, die er erzählt hatte, waren aber niemals Lügen! Wenn er da in munterer Runde saß mit dem Apotheker, dem Schuldirektor oder anderen Honoratioren, war er ja mit Abstand derjenige, der am weitesten gereist war. Die Winterreise, Page am Hof, der Feldzug gegen die Türken, schließlich Kaiserlich-Russischer Rittmeister ...»

Der Begriff «Lügenbaron» hat tatsächlich Karriere gemacht, während er bei den Münchhausens heute eher unbeliebt ist.

«Natürlich. Und bei meinem Vater wurde zum Beispiel fast nie über Hieronymus gesprochen. Ich habe Hieronymus für mich mehr durch Zufall entdeckt. Ich weiß, dass mein Vater mir ein Buch in die Hand drückte mit den Münchhausen-Geschichten. Ich fürchte, es gibt kaum jemanden, der die mal alle gelesen hat, so viele, wie es am Ende geworden sind.»

Ist denn überhaupt festzustellen, welche genau auf Hieronymus selbst zurückzuführen sind? Das scheint bei dieser konfusen Entstehungsgeschichte ja nicht einfach zu sein.

«Nur die ersten Schnee- und Jagdgeschichten können von Hieronymus' ursprünglichen Erzählungen abstammen. Wenn man sich die Raspe-Geschichten vornimmt, ist es interessant zu entdecken, worauf der Wert legte. Irgendwann kommen auch dessen Theorien mit den Vulkanisten und Neptunisten ins Spiel: Münchhausen klettert in einen feuerspeienden Berg und trifft dort unten auf den Gott Vulkanus mit seiner hübschen Frau. Hieronymus verführt diese Frau, daraufhin poltert der Alte, Münchhausen verschwindet in einem tiefen Loch und kommt in der Südsee wieder heraus.»

Otto, mir schwirrt jetzt der Kopf. Können wir es dabei erst einmal belassen?

«Halt, eine schöne Anekdote muss noch sein: Als Hieronymus schon bettlägerig war, deckte die oben erwähnte Frau Nolte ihn zu und bemerkte dabei, dass ihm zwei Zehen fehlten, abgefroren in Russland: ‹Ach, Herr Baron, was ist das denn?› – ‹Liebe Frau Nolte, die hat mir ein Eisbär auf der Jagd abgebissen.›
Übrigens schreibt Albrecht Münchhausen im ‹Nachtrag›, Hieronymus sei ein besonders wahrheitsliebender Mensch gewesen. Am liebsten erzählte er seine völlig übertriebenen Geschichten nämlich, wenn er merkte, dass bei Tisch vornehmlich die jungen Herren herumrenommierten und prahlten. Dann kam er so ganz gelassen zwischen zwei Kartoffeln heraus mit der Bemerkung: ‹Das ist ja noch gar nichts. Als ich einmal bei der Zarin …› und so weiter.»

Er wollte Prahler also durch Übertreibung lächerlich machen.

«Ja, vor allem wollte er Lügner bloßstellen. Es hat in der Tat etwas Tragisches, dass gerade er dann als Lügner in die Literaturgeschichte eingegangen ist. Ein

Vetter von uns nennt ihn immer ‹den großen Fabulierer›, was es wesentlich besser trifft. Gerechtigkeit für Hieronymus!»

Vielen Dank, lieber Otto, für diesen großartigen Einblick in Hieronymus' wunderbare Geschichte.

MÜNCHHAUSEN – EIN NAME WIRD ZUM ABENTEUER

Erlebnisse und Anekdoten anderer Familienmitglieder

~

Dass wir Münchhausens häufig auf den Lügenbaron angesprochen werden, wurde oben bereits erwähnt. Ebenso, dass man uns mit dem Talent in Verbindung bringt, es mit der Wahrheit nicht immer ganz genau zu nehmen. Damit aber nicht genug: Es ist einfach auffallend, dass wir mit unserem Namen mitunter in Teufels Küche kommen. Einige dieser Geschichten dürfen in diesem Buch nicht fehlen, dachte ich mir, und bat liebe Vettern und Cousinen, sie einmal aufzuschreiben.

~

Alexandra: Um Mitternacht in San Francisco

Ich habe immer wieder Mühe, wenn ich online für einen Flug einchecken will. Das System kommt mit meinem Namen nicht zurecht, zumal ich mehrere Vornamen habe.

Besonders arg war es, als ich einige Monate durch Mittelamerika gereist bin und dann von Mexiko aus nach San Francisco flog. Wieder einmal war es nicht möglich, vorab einzuchecken, sodass ich nicht zwei, sondern vier

Stunden vor Abflug am Flughafen sein musste, um mich beim Bodenpersonal zu melden. Und da passierte es: Der mexikanische Bodensteward verschrieb sich, genauer, er vergaß einen Buchstaben. Einen einzigen Buchstaben – und das sollte Folgen haben.

Als ich um Mitternacht in San Francisco landete, bekam ich große Probleme. Warum? Nun, auf der Bordkarte hieß ich Frein von Muenchhausen, im Pass steht aber Freiin von Münchhausen. Das fehlende «i» und der verfremdete Umlaut schienen dem US-amerikanischen Grenzbeamten so verdächtig, dass er behauptete, es sei zweifelhaft, ob diese Dokumente ein und derselben Person zuzuordnen seien. Ich musste etliche Sicherheitsfragen beantworten, aber keine meiner Antworten war geeignet, ihn zu überzeugen oder das Problem zu lösen.

Auf einmal fiel mir ein, dass ich vor vielen Jahren einmal über San Francisco nach Australien geflogen war. Das berichtete ich dem Beamten – ob er nicht die Daten von meiner damaligen Einreise finden könne und damit meine Identität nachweisbar sei? Tatsächlich: Der Eintrag mit meinem alten Pass fand sich, und siehe da, sogar meine Fingerabdrücke stimmten überein! Aber es nützte nichts. Der hartnäckige Beamte erklärte mir lang und breit, zwar sei es möglich, dass ich die Person aus dem Pass sei, aber er habe keine Beweise dafür.

Und so wurde ich, diese zweifelhafte Person, erst einmal im Hochsicherheitsbereich des Flughafens in eine Zelle eingewiesen, wo ich Stunden verbrachte. Rechts und links warteten Fluggäste, die ebenfalls Schwierigkeiten bekommen hatten. Man unterhielt sich über die Zellenwände hinweg. Der Nachbar links fragte mich, was mein Problem sei, und lachte, als er meinen Bericht hörte. Ich erfuhr, dass das Grenzpersonal alle 24 Stunden die aufgelaufenen Problemfälle neu überprüfte. Und irgendwann, als ich es schon nicht mehr für möglich hielt, erschien einer der Uniformierten, schaute mich an und fragte: «Was machen Sie denn noch hier?» Damit war ich entlassen.

Nie wieder lasse ich mir eine fehlerhafte Münchhausen-Bordkarte unterschieben. Nie wieder!

~

Hildburg: Als ich im Bahnhof Friedrichstraße verhört wurde

Im Jahr 1966 unternahm ich im Rahmen einer längeren Berlin-Reise einen Tagesausflug nach Ostberlin, um dort eine Schulfreundin zu besuchen. Am Bahnhof Friedrichstraße reihte ich mich mit bangen Gefühlen in eine lange Menschenschlange ein – als «Republikflüchtling» war ich nämlich ein heikler Fall.

Wie es zu dieser Bezeichnung kam? Meine Familie lebte von 1945 bis 1959 in der DDR unweit unseres enteigneten Gutes Nausitz im Unstruttal. Meine Eltern schickten mich 1955 mit dreizehn Jahren in ein westdeutsches Internat, weil ich in der DDR keine Chance hatte, auf der Oberschule angenommen zu werden. Ich war «gesellschaftlich unreif», wie so etwas damals hieß: Mein Vater ein «Junker», ich nicht engagiert bei den Jungen Pionieren, und obendrein besuchte ich den Konfirmandenunterricht.

Wegen dieses Internatsbesuchs im Westen – vor dem Mauerbau war das noch möglich – galt ich also als «republikflüchtig».

Im Januar 1959 «machten» meine Eltern und meine Schwester bei Nacht und Nebel «rüber» – also erneute Republikflucht in der Familie.

Mit dieser Vorgeschichte im Hinterkopf stand ich also in der Warteschlange an der Friedrichstraße und hoffte inständig, man würde mich einfach durchwinken. Aber nein! Mein Name machte die Vopos offensichtlich stutzig, und sie sperrten mich in einen fensterlosen kleinen Raum ein, durchsuchten und befragten mich eine Dreiviertelstunde lang auf ziemlich unangenehme Art und Weise. Um dann mit meinem Tagebuch zu verschwinden. Da ich unter Platzangst leide, wuchs meine Besorgnis von Minute zu Minute, und ich malte mir drastische Geschichten aus, wie es weitergehen könnte.

Endlich öffnete sich die Tür. Einer der Vopos kehrte mit meinem Tagebuch zurück, mit leichtem Schmunzeln im Gesicht, und fragte mich, ob ich auch so gut lügen könne wie mein berühmter Vorfahre. Ein Stein fiel mir vom Herzen. Ein so harmloses Ende der Geschichte hatte ich nicht erwartet. Wahrscheinlich habe ich nicht einmal gewagt, die Frage mit Ja zu beantworten, um meine «Entlassung» nicht zu gefährden ...

Hildburg von Harbou, geborene Freiin von Münchhausen, lebt in München.

~

Marco: Wie sich Hieronymus in meinem Beruf nützlich macht

Es bleibt nicht aus, dass ich bei meinen Vorträgen und Seminaren als Kommunikationstrainer und Coach auf meinen Namen angesprochen werde. Meist heißt es dann bei der Anmoderation: «Meine Damen und Herren, unser Referent stammt aus der Familie des Lügenbarons. Heute allerdings wird er versuchen, sich ausnahmsweise mal an die Wahrheit zu halten ...» Das kenne ich schon und mache ein freundliches Gesicht dazu, auch wenn manche Münchhausens die Bezeichnung «Lügenbaron» ganz und gar nicht schätzen.

Inhaltlich operiere ich aber – zugegeben! – sehr gern mit Metaphern aus Hieronymus Münchhausens Abenteuern. Zum Beispiel mit dem Bild, dass er auf der Kanonenkugel die feindlichen Linien des Gegners überwunden hat. Das ist eine Situation, die sich leicht auf die heutige Arbeitswelt übertragen lässt. Feindliche Linien lauern schließlich überall, sei es die Konkurrenz auf dem Markt oder Gegenspieler innerhalb des eigenen Unternehmens. Ich ermutige meine Zuhörer damit, sich Gedanken zu machen, wie sie die Hindernisse in ihrem Arbeitsalltag auf kreative Weise überwinden können. So entstehen die erstaunlichsten Ideen.

Die andere Metapher, die ich sehr inspirierend finde, geht auf das Bild zurück, wie Hieronymus sich am eigenen Zopf aus dem Sumpf zieht. Ich erkläre dann gern, dass die Sümpfe, in denen wir stecken, nicht selten selbst erschaffen sind, und dass es gilt, sich selbst am eigenen Zopf herauszuziehen. Was physikalisch nicht geht, ist psychologisch durchaus möglich. Und auch ein guter Coach zieht seinen Klienten nicht selbst aus dem Sumpf, sondern hilft ihm, es alleine zu schaffen und wieder festen Boden unter die Füße zu bekommen.

Bei einem Vortrag wurde ich mal von einem Geschäftsführer auf sehr charmante Weise eingeführt: «Als ich hörte, wie unser Referent heißt, dachte ich, es müsse doch großartig sein, einen solch ausgefallenen Namen zu tragen. Ich selber heiße nur Schmidt.» Darauf habe ich geantwortet: «Wissen Sie, wenn Sie Münchhausen heißen würden, wünschten Sie sich ab und zu auch, einfach mal nur Schmidt zu heißen ...»

Fakt ist, dass man mit meinem Namen nicht immer ernst genommen wird. Als meine Mutter mal vor vielen Jahren ein neues Konto eröffnen wollte, sah sie sich mit der Bemerkung des Bankangestellten konfrontiert: «Sagen Sie doch gleich ‹Eulenspiegel› ...»

Als Träger dieses Namens muss man auch darauf gefasst sein, dass er nicht nur im deutschsprachigen Raum bekannt ist, sondern noch in den entferntesten Regionen dieses Planeten. Als ich einmal in Burma unterwegs war, breitete sich auf dem Gesicht eines Grenzbeamten ein Grinsen aus. Er gab mir meine Papiere mit der Bemerkung zurück: «Many lies, many lies ...»

Dr. Marco Freiherr von Münchhausen, Jahrgang 1956, lebt in München.

DER MÜNCHHAUSOLOGE

3865 Objekte und ein Forscher:
Besuch in Zürich
bei Bernhard Wiebel

~

Ein Spätsommertag in Zürich. Der Himmel ist strahlend blau, so blau wie auf allen Bildern von Hieronymus Münchhausens Ritt auf der Kugel – das fällt mir auf, als ich aus der Bahn steige. Ein Stieg am Hang im Viertel Wiedikon, ein schmiedeeisernes Tor. Zwei Treppen hoch, und dann stehe ich in der Klause des alten Lügenbarons – nein: ich stehe im Arbeitszimmer des Hieronymus-Forschers Bernhard Wiebel. Er hat eine komplette Forschungsbibliothek mitsamt Website zum Thema errichtet, die er seit mehr als zwanzig Jahren betreut – und er ist überrascht, welche neuen Facetten und Entdeckungen das Phänomen Münchhausen immer noch mit sich bringt.

Tatsächlich: 3865 Objekte und Bücher, Münchhausen-Abenteuer in zweiundvierzig Sprachen, hier alle systematisch mit Signatur versehen und in Regalen einsortiert. Auf die Besucherin warten schon einige besondere Ausgaben, ausgebreitet auf dem L-förmigen Tisch neben dem Rechner. Oben links vom Fenster stehen die kleinen, frühen englischen Ausgaben, daneben Französisches, Niederländisches, Schwedisches. Später darf ich diese bibliophilen Kostbarkeiten bewundern, sie sind in herrlich speckiges

Leder gebunden. Hinter hauchdünnen Vorblättern und alten Exlibris verbergen sich kostbare, zierliche Kupferdrucke, teils zum Aufklappen. Die Motive, zum Wiedererkennen und zum Amüsieren: das Pferd am Kirchturm, der Flug mit den Enten, der Wolf vor dem Schlitten und so weiter und so fort. Hieronymus, der alte Lügenbaron, von Statur mal zierlich und quick, mal statiös und breitschultrig – aber immer im Zentrum des Geschehens.

Der Forscher selbst ist zunächst nicht zu sehen. Doch, da erscheint er, ein schmaler Herr mit gelehrtem Kopf, kurze graue Stoppeln über wachen Augen hinter professoraler Brille. So geschickt steuert der Dreiundsiebzigjährige seinen Spezialstuhl auf Rollen quer durch diese Räume, dass kein Zweifel möglich ist: Seine Neugier, nichts anderes, gibt das Tempo vor.

Wenn Wiebel jemandem begegnet mit Namen Münchhausen, braucht es kein Aufwärmen, keinen Small talk. Da geht es ohne Umweg um *sein* großes Thema, worum sonst? Nach wenigen Minuten haben wir bereits eine zentrale Frage am Wickel: nämlich die Tatsache, dass es ja zwei Münchhausens gibt – einmal den alten Hieronymus aus Bodenwerder und dann diesen forschen Helden der Reisen und Abenteuer, der dank der Erzählungen in aller Welt bekannt geworden ist. «Wenn Münchhausen erwähnt wird, kommt es doch immer reflexartig zurück: Was, den gab es wirklich? Die literarische Figur ist viel präsenter als die reale, historische.»

Ganz kurz muss ich mich jetzt doch kneifen: Sieht das diesem Hieronymus Münchhausen nicht ähnlich, dass er, 300 Jahre später und 700 Kilometer von seinem niedersächsischen Winkel entfernt, einen so hingebungsvollen Interpreten gefunden hat? Der den kulturhistorischen Aspekten dieser Abenteuer-Erzählungen auf den Grund geht, ihre Auswüchse und Erweiterungen analysiert, interpretiert, in einen Zusammenhang stellt, darüber fundiert schreibt, stets in Auseinandersetzung mit verwandten Forschungsgebieten?

Gemessen daran, dass der weitgereiste Gutsherr Hieronymus selbst damals keinerlei akademische Ausbildung genoss und, soviel wir wissen, nie eine Zeile seiner Erlebnisse schriftlich fixiert hat, kann man das wirklich eine Volte der Literaturgeschichte nennen.

Aber wie es zu dieser Lebensaufgabe kam, das möchte ich von dem Kunsthistoriker Bernhard Wiebel selbst erfahren. Als er davon erzählt, wird deutlich, dass seine Beschäftigung nichts mit einem Abenteuer zu tun hat, sondern mit echtem Durchhaltevermögen, wie es seinem Objekt der Forschung nie zuvor geschenkt worden ist:

«Im Sommer 1993 habe ich überlegt, was nehme ich zum Lesen mit in den Urlaub, und dann habe ich den Münchhausen aus meinem Bücherregal gezogen, mit Illustrationen des Schweizer Künstlers Martin Disteli.» Im Garten in der Sonne sitzend schaute sich der Urlauber diese Illustrationen näher an, fand sie interessant und begann, was er «freihändiges Deuten» nennt. Was so viel bedeutet wie: Er analysierte Stil und Inhalt nach den Regeln seines Fachgebiets, entdeckte Zeittypisches, versteckte Andeutungen auf philosophische Fragen.

Kurz darauf korrespondierte er mit der damaligen Leiterin des Münchhausen-Museums in Bodenwerder,

Thekla Gehrmann. Die hoch engagierte Germanistin muss gleich erkannt haben, was für ein Potenzial in dem Züricher Forscher steckt: Kurzerhand empfahl sie ihn als Referenten für eine Tagung in Halberstadt über den Dichter Johann Ludwig Wilhelm Gleim und den Münchhausen-Autor Gottfried August Bürger.

Es war der erste Auftritt des Münchhausen-Forschers Bernhard Wiebel, der vor dem Publikum seine Thesen über die Geschichte vom Kugelritt ausbreitete. «Wenn man sie richtig liest, merkt man: Es ist die Geschichte eines Scheiterns.» Genau in dem Moment, als Münchhausen genug an Höhe gewonnen hat, steigen ihm, wie es bei Bürger heißt, «allerlei nicht unerhebliche Bedenklichkeiten zu Kopf». Die Sorge etwa, ob er da unten in Gefangenschaft gerät? Oder als Spion gehängt wird? Nicht wieder heimkehrt von dort? Gerade noch rechtzeitig steigt er auf eine entgegenkommende Kugel um und kehrt ins eigene Lager zurück. Der Plan ist grandios fehlgeschlagen: Münchhausen hat dem Tod ins Auge geblickt, ist aber davongekommen und unverletzt ins vertraute Lager zurückgekehrt. Wiebel hat den «nicht unerheblichen Bedenklichkeiten» dieser Erzählung als Erster die Aufmerksamkeit geschenkt, die ihnen gebührt.

Kurz darauf verfasste er eine Neu-Interpretation der berühmten Zopfgeschichte, die er als Kommentar der berühmten Kantischen Antwort auf die Frage «Was ist Aufklärung?» begreift.

Wiebel entdeckte also, dass es sich bei den vermeintlich lustigen Abenteuern um ziemlich komplexe Texte handelt. Um das zu untermauern, benötigte er Literatur, über das 18. Jahrhundert und weit darüber hinaus, «und plötzlich merkte ich: Ich bin dabei zu sammeln.» Und zwar geradezu manisch. Nachdem er erst einmal Feuer gefangen hatte, wurde der alte Münchhausen zu einer Art Obsession, ohne dass Wiebel zunächst für bestimmte Projekte und Veröffentlichungen angefragt worden war.

«Dann habe ich gekauft wie verrückt.» Schon 1996 bestückte er eine Ausstellung in der Berliner Staatsbibliothek und konnte dort stolz eine Erstausgabe von Gottfried August Bürger aus dem Jahr 1786 präsentieren.

«Es war die Zeit vor dem Internet, daher habe ich mir Adressverzeichnisse amerikanischer Antiquariate beschafft und per Fax bei diesen angefragt, ohne Anrede, einfach: please, send me an offer ...» So entdeckte er die alten englischen Ausgaben zum Beispiel bei Justin G. Schiller, einem Antiquar im New Yorker Rockefeller Center. «Die waren sehr teuer, aber ich wusste, so etwas bekomme ich nie wieder.»

Das Ergebnis ist in der Züricher Studierstube zu bestaunen.

«Als ich anfing, mit diesen Ausgaben zu arbeiten», erzählt Wiebel, «hat mein Patensohn das damals ‹Münchhausologie› genannt – also die Wissenschaft Münchhausen betreffend.»

Wobei die erklärte Absicht obendrein darin besteht, den harmlosen Lügenbaron aus dem «Korsett des Jugendbuchs» zu befreien.

Ebenso falsch ist seiner Meinung nach die Einordnung der Abenteuer als Volksbuch zum kuriosen Amüsement.

Den Kunsthistoriker fasziniert außerdem Münchhausens überraschende und in zahlreichen Varianten belegbare Allgegenwart: «Er taucht in vielen Kulturen auf, bei allen möglichen Gelegenheiten, und nimmt vielfältige Bedeutungen an.» Die Abenteuer funktionierten als «Beschleuniger» – zahlreiche Autoren ließen sich von den «Wunderbaren Reisen» anregen, auch zum Münchhausen zu werden, um ähnlich phantasievolle Geschichten zu verfassen, bis hin zu Erich Kästner.

Vielleicht wären die Abenteuer nie ein solcher Welterfolg geworden, wenn sie nicht bebildert erschienen wären. Wiebel interessierte von Anfang an dieser Aspekt der Ausgaben besonders – siehe Martin Disteli.

An den Wänden der Studierstube ist Münchhausen in sämtlichen Lebenslagen zu bestaunen, zu Pferd, im Winter, beim Punsch mit Freunden, darunter ein Schulwandplakat der populären Zeichnerin Ruth Koser-Michaels mit einer detailfreudigen Darstellung des Kugelritts.

Übrigens vergisst Wiebel an dieser Stelle nicht zu erwähnen: Alle Illustratoren kopieren die berühmten Darstellungen des französischen Malers und Graphikers Gustave Doré (1832 bis 1883) beziehungsweise benutzen ihn mehr oder weniger ungeniert als Vorlage. Doré sei der einzige Künstler von Rang, der sich mit Münchhausen beschäftigte. Wiebels Urteil zählt – er hat hunderte verschiedener Ausgaben geprüft.

Immer wieder landet unser Gespräch bei der Entstehungsgeschichte der «Wunderbaren Reisen» – und damit zwangsläufig bei dem umtriebigen Geologen, Altertumskundler und Bibliothekar Rudolf Erich Raspe. Ach, dieser Raspe! Wiebel schätzt ihn außerordentlich, als belesenen Gelehrten, aber auch wegen dessen bunter Lebensgeschichte. Als er nach London geflohen ist, reicht sein Geld noch für ein Abonnement des deutschen Periodikums «Vademecum für lustige Leute», in dem er kuriose Erzählungen entdeckt. Die übersetzt er eilig und veröffentlicht anonym 1785 ein kleines Buch mit dem Titel «Baron Munchausen's Narrative of his Marvellous Travels and Campaigns in Russia». Der Herausgeber gibt sich nicht zu erkennen, stellt aber den Erzähler in der Einleitung mit Namen und Adresse vor.

In mehreren Fortsetzungen liefert Raspe präzise Details aus Münchhausens Biographie. Das vermittelt den Eindruck, hier berichte jemand, was er tatsächlich erlebt und gesehen habe. «Zum Beispiel die Eroberung der türkischen Festung Otschakow», erzählt Bernhard Wiebel: «Hieronymus war dort im Einsatz, aber die Eroberung hat er nicht erlebt.» So vertrackt vermischen sich Historie und Fiktion.

Aber woher kannte Raspe die Details aus Hieronymus Münchhausens Leben, etwa dessen Teilnahme am Russisch-Türkischen Krieg, oder auch den Aufenthalt in Riga, wo er so ausgiebig seiner Jagdleidenschaft nachging? Das bleibt im Dunkeln.

Fest steht lediglich: Rudolf Erich Raspe ist es, der die Trennschärfe zwischen der literarischen Figur und dem realen niedersächsischen Baron aufhebt. Was bis heute für Verwirrung sorgt und das Erstaunen darüber evoziert, dass es den Kerl tatsächlich gab. Im Vorwort der ersten deutschen Ausgabe von Gottfried August Bürger heißt es daher auch zutreffend: «Es ist in der Tat eine etwas sonderbare Erscheinung, die folgenden Erzählungen, die auf deutschem Grund und Boden erzeugt sind, und in mannigfaltiger Gestalt und Tracht ihr Vaterland durchwandert haben, endlich im Auslande gesammelt und durch den Druck bekannt gemacht zu sehen.» Bürger und Raspe haben sich wohl weitläufig gekannt, aber nicht gut. «Es gibt auch keine Reaktion von Raspe auf die Veröffentlichung von Bürger. Wir wissen also nicht, ob Raspe davon Kenntnis hatte.»

Wie auch immer: Raspe setzt die von ihm erfundene Figur Baron Münchhausen auch für Handlungen ein, die auf eine aktuelle Debatte verweisen: «Wenn Münchhausen in den Vulkan plumpst und mit Venus eine Liebschaft beginnt, dann macht er sich lustig über den Götterhimmel ...» Was wiederum ein zarter Hinweis auf die Aufklärung wäre, möglicherweise.

Es bleibt also dabei: Wie die Erzählungen aus dem Tabakkollegium in Bodenwerder den Weg hinaus in die Welt schafften, das ist ein eigenes Abenteuer und verlief alles andere als geradlinig.

So hat auch Wiebel feststellen müssen: «Die Entwicklung der Münchhausen-Bücher zurückzuverfolgen, geht nicht weit genug. Man muss den Inhalt der einzelnen Geschichten verfolgen, zum Beispiel die vom halbierten Pferd. Dieses Motiv ist sehr alt. Es taucht schon auf im Zusammenhang mit der Sage von König Artus. Interessant sind dann immer die Abweichungen. Im Kinderbuch des 18. Jahrhunderts gibt es zum Beispiel Varianten, dass nicht das Fallbeil, sondern eine Kugel das Pferd halbiert hat.» Solche Entdeckungen aus der Literaturgeschichte hat der penible Forscher in vergleichenden Synapsen nachgezeichnet.

Ähnlich wie der berühmte Kunsthistoriker Aby Warburg untersucht auch Wiebel die trivialen Objekte, die in Zusammenhang mit seinem Forschungsgebiet produziert werden. Auch das ein nahezu unübersehbares Feld. Da wären zu nennen: von A wie Anstecknadel bis Z wie Zigarrenbauchbinde, dazwischen eine Ansammlung von Bonbonpapier, Fleißkärtchen, Kaffeedosen, Nussknackern, Puzzles, Quartettspielen, Schlüsselanhängern bis T-Shirt. Auf den Trophäen des Sammeleifers reitet und fliegt und schießt und stürzt Hieronymus, es ist kein Ende abzusehen. Gleichberechtigt neben den edlen Ausgaben und Abhandlungen wird alles katalogisiert, eingeordnet – um dann allerdings doch in den Keller zu wandern.

Dies und jenes davon wird womöglich bald auf die Reise nach Weimar geschickt werden, wo aus Anlass des 300. Geburtstags eine Ausstellung in der Herzogin-Anna-Amalia-Bibliothek zu sehen sein soll.

Jetzt liegt da noch ein dickleibiger Band aus dem Jahr 1740 auf dem Tisch, den ich noch nie gesehen habe: die Stammtafeln der «hochadligen Familie Münchhausen» von Gottlieb Treuer – immerhin damals aktuell genug, um ganz weit unten in der Stammbaumdarstellung noch den kleinen Hieronymus Carl Friedrich, geboren am 11. Mai 1720, aufzunehmen, inmitten seiner sieben Geschwister. Ich kann nicht anders als kurz erwähnen, es habe auch andere in der Familie gegeben, die etwas darstellten, zum Beispiel Gerlach Adolph, den Hannoveraner Kanzler und Gründer der Göttinger Universität. Ja, ja, sagt Wiebel, lächelt milde – und lässt das mal unkommentiert stehen, um dann noch eine erstaunliche These zu entwickeln: nämlich dass die Münchhausen'sche Figur keine Seele hat. «Er zeigt keine Gefühle, macht keine Entwicklung durch, er handelt einfach neutral. Im Grunde hat er keinen Charakter.» Dass er in so unterschiedlichen Situationen Lösungen findet, kommt ohne Erklärung aus ihm heraus, «er ist nicht belesen oder klug. Man könnte auch sagen: er ist ahistorisch ...»

Als die Augen schon etwas matt werden von der Fülle der Studierstube, gibt es etwas auf die Ohren. Wiebel legt eine CD ein, es erklingt eine hochinteressante Komposition des Schweizer Komponisten Werner Bärtschi, Titel: «Fünf Arten, sich am eigenen Schopfe aus dem Sumpf zu ziehen».

Eine forsche Frage an den Lügenbaron-Forscher möchte ich noch loswerden: Träumen Sie manchmal von Hieronymus Münchhausen? Nein, so weit geht die intensive Auseinandersetzung mit diesem Hieronymus dann doch nicht. Beruhigend, finde ich.

Gerade kommt Anna Verena Fries herein, Wiebels Frau, und wunderbarerweise hat sie ein Päckchen von der Post abgeholt, eine Sendung aus Spanien, vom Forscher bereits erwartet. Manchmal, berichtet Frau Fries, seien für ein solches Heftchen aus Übersee 30 Franken Zoll zu bezahlen ... Sie sagt das mit einer Art zärtlichem Erstaunen in der Stimme, ohne Tadel. Dazu kennt sie die Leidenschaft ihres Mannes einfach zu gut.

Ratzfatz wird das Päckchen aufgerissen, der neugierige Münchhausologe kann es nicht abwarten, was zum Vorschein kommt: ein Sammelband, publiziert 1983, darin eine Erzählung von «El Barón dela Castaña». Münchhausen auf Spanisch also mit – nun ja, sagen wir: eher schlichten Illustrationen. Aber Bernhard Wiebel jubelt: «Spitze! Ist doch köstlich ...»

Ja, köstlich – so ein Forscherleben mit Hieronymus.

«EIN FLUG DURCH RAUM UND ZEIT»

Wie es kommt, dass Hieronymus im Jahr 2020 auf einer blitzblanken neuen Gedenkmünze landet

~

Historische Gestalten, die etliche Jahre nach ihrem Tod noch Geld wert sind? Davon gibt es nicht viele, da bin ich mir ziemlich sicher. Hieronymus ist auch in dieser Hinsicht eine Ausnahmegestalt. Er hilft nämlich gerade dem Finanzminister der Bundesrepublik Deutschland, im Jahr 2020 Geld zu verdienen.

Wie das sein kann?

Am 11. Mai 2020, auf den Tag genau 300 Jahre nach der Geburt von Hieronymus Carl Friedrich, wird in seiner Heimatstadt Bodenwerder an der Weser eine Gedenkmünze des Bundesfinanzministeriums vorgestellt. Reines Silber 925, Aufschrift: «300 Jahre Freiherr von Münchhausen». Vorn drauf fliegt – unvermeidlich! – der Reiter auf der Kanonenkugel herbei, blau der Rock, die Rockschöße flattern, der Dreispitz sitzt, auch der Schnurrbart ist gut zu erkennen. Auf der Rückseite breitet der Bundesadler seine Flügel aus. Rings um den Münzrand verläuft ein Motto: «Mit Tapferkeit und Gegenwart des Geistes». Das hat sich allerdings nicht Olaf Scholz ausgedacht, sondern Gottfried August Bürger. Obwohl: Auch für die SPD wäre das ein brauchbares Motto.

So eine Münze im Wert von 20 Euro kann dann jeder kaufen, es gibt sogar noch eine besonders glitzernde, weitaus wertvollere Variante, nach ihrer Bauart «Spiegelglanz» genannt, die deutlich mehr kosten wird als 20 Euro. Händler und Sammler warten schon auf die interessanten Silberstücke, es sind zahlreiche Vorbestellungen eingegangen. Außer dem Motiv Münchhausen soll es 2020 elf weitere neue Gedenkmünzen geben.

Aber bis es so weit ist, muss viel beraten, entschieden und bürokratisch abgesichert werden. Um herauszufinden, wie alles miteinander zusammenhängt, muss ich nach Berlin.

Genauer: in das Bundesfinanzministerium. Nicht in den alten düsteren Bau an der Wilhelmstraße, der ehemals Hermann Görings Reichsluftfahrtministerium beherbergte. Das Münzreferat ist gegenüber untergebracht, in der Leipziger Straße. Ein nüchterner Bürobau mit langen Fluren, deren Nadelfilz-Boden jeden Schritt schluckt. Büros rechts, Büros links, dazwischen Kaffeeküche, und an jeder Tür ein Schild. Name, Dienstgrad. Einsatzbereich. Besoldungsstufe fehlt.

Und hier soll man sich plötzlich an diesen Lügenbaron erinnert haben?

Leiterin des Münzreferats ist die Architektin Ulrike Bohm. Eine schmale Frau mit Kurzhaarschnitt, sachlich, freundlich und hoch engagiert. Hat man sie endlich erreicht – aus unerfindlichen Gründen hält man in vielen Bundes- und Landesministerien hierzulande eine Mailbox ja für eine Art Trojaner oder Überwachungsinstrument –, zeigt sie sich unserem Anliegen gegenüber interessiert und aufgeschlossen. Dass ich sie schließlich in dieser Angelegenheit selbst interviewen durfte, dafür war eine Ausnahmegenehmigung notwendig. Normalerweise, erfahre ich in der Presseabteilung, seien Wortlaut-Interviews erst «ab Staatssekretär-Ebene» gestattet.

Spätestens an diesem Punkt der Recherche wird mir deutlich, dass Gedenkmünzen nicht zum Vergnügen einer kleinen Sammlergemeinde hergestellt werden, sondern einen hoheitlichen Akt darstellen. Gewiss, im Geschichtsunterricht hat jeder schon mal gehört vom «Münzregal», das in historischen Zeiten ein raffiniertes und begehrtes Machtinstrument war. Auch heute ist gesetzlich geregelt, dass nur die Regierung Münzen prägen, ihren Wert festlegen und in Verkehr bringen darf. Warum man sich in Berlin auch im Jahr 2020 so große Mühe gibt mit Gedenkmünzen? Das erklärt Ulrike Bohm so:

«Das Bundesministerium der Finanzen gibt diese Münzen aus, weil sich jedes Land über das, was auf diesen Münzen abgebildet wird, definiert. Es ist ein Selbstzeugnis, was kulturell wichtig ist oder welche Persönlichkeiten man würdigen bzw. welche Ereignisse man in Erinnerung rufen will. Wir setzen damit ein Zeichen, ein kleines Denkmal.»

Ein Denkmal im Wert von 20 Euro also, mit dem man zur Not beim Bäcker auch bezahlen kann, wenn im Portemonnaie gerade kein entsprechender Schein zur Hand ist.

Aber wer ist würdig genug, zu einem staatlich zertifizierten Denkmal zu werden? Wer entscheidet, dass es eine Münze gibt für «100 Jahre Weimarer Reichsverfassung» oder «900 Jahre Freiburg»? Und selbstverständlich interessiert mich besonders, wie es zustande kam, dass Hieronymus ausgewählt wurde.

Jedes Thema hat einen harten Wettbewerb zu überstehen. Tatsächlich gehen beim Münzreferat jährlich zahlreiche Vorschläge ein, wer oder was zu ehren sei. Das Thema «300 Jahre Münchhausen» wurde von der Stadt Bodenwerder eingereicht, aber auch einige Privatpersonen machten sich dafür stark.

Über alle Vorschläge muss in einem ordentlichen Programmbeirat beraten werden. Auch mit Monika Grütters, der Bundesbeauftragten für Kultur und Medien, ist die Planung abzustimmen.

Sehr, sehr gern hätte man der Beratung über die Themen des Jahres 2020 gelauscht! Es muss hin und her gegangen sein, denn die Konkurrenz war scharf. Am Ende ließ unser Hieronymus Größen wie Marcel Reich-Ranicki (100. Geburtstag), aber auch Georg Wilhelm Friedrich Hegel und Friedrich Hölderlin (beide 250. Geburtstag) hinter sich. Zu meiner Überraschung!

Hieronymus in Silber also. Offenbar war das Argument, dass dieser Mann doch beim Publikum nach wie vor beliebt sei und daher vermutlich auch münzgeprägt gut ankomme. Zu den Münzhelden 2020 zählen außer ihm unter anderem: der Kniefall von Warschau (2 Euro), Ludwig van Beethoven (250. Geburtstag), die Fußball-Europameisterschaft sowie 900 Jahre Freiburg, sie sind jeweils 20 Euro wert. Wirklich, ein buntes Potpourri! Denn, sagt Ulrike Bohm: «Wir machen hier nicht *l'art pour l'art.* Es spielt eine Rolle in den Prozessen, wie man zu dem Thema oder zur Gestaltung einer Münze kommt.» Was wohl bedeuten soll: Nur penibel geprüfte Helden werden in Silber unters Volk gebracht.

Auch nach dieser Entscheidung ist noch nicht alles in trockenen Tüchern, das komplizierte Prozedere geht weiter. Unter dem Geschäftszeichen VIII C3-WK 4061/15/1001:28 hatte das Ministerium nun die Zustimmung des Bundeskabinetts einzuholen. Dafür wurde der Runde im Kanzleramt am 12. Juni 2019 eine vierseitige «Beschlussvorlage» mit drei Anlagen vorgelegt. Natürlich sollten die Minister erfahren, warum die Wahl auf Münchhausen fiel. Dazu heißt es in dem Papier: «Die Münze würdigt den begnadeten Geschichtenerzähler Hieronymus Carl Friedrich Freiherr von Münchhausen (1720–1797). Seine phantasie- und humorvollen Geschichten wurden weltweit bekannt.»

Ausführlich werden dann die Vorzüge der Gestaltung erklärt: «Der Entwurf besticht durch seine perspektivische Tiefenwirkung und Klarheit. Der Ritt auf der Kanonenkugel gerät durch die Vielzahl von Optionen zu einem Flug durch Raum und Zeit. Dramaturgisch wird dieser Flug Münchhausens zum farbigen Höhepunkt des Münzraumes. Die Modellierung der Münze ist spielerisch vielschichtig und detailreich …» Das ist, hätte Loriot vielleicht gesagt, «fein beobachtet», obwohl dem Laien womöglich die «Vielzahl der Optionen» quer durch den Münzraum mit seinem 32,5 Millimeter Durchmesser überschaubar scheint.

Über die Wertseite heißt es, deutlich nüchterner, sie zeige außer dem Schriftzug «Bundesrepublik Deutschland» einen Adler, die Jahreszahl 2020 sowie zwölf Europasterne. Unser Hieronymus, ein echter Europäer! Daran ist nun kein Zweifel mehr möglich.

Raum und Zeit in der Kabinettsitzung jedenfalls reichten glücklicherweise aus, um die Zustimmung «ohne Aussprache herbeizuführen».

Aber ich greife vor, Moment! Lange vor dieser Zustimmung musste noch über die Gestaltung der Münze beraten werden. Dazu lud das Münzreferat aus einem Pool von etwa achtzig Bildhauern und Graphikern einige zu einem Wettbewerb ein. Wer teilnahm, wurde auch bezahlt.

«Die Geladenen», erzählt Ulrike Bohm, «stellten Musterstücke her, Gipsmodelle, die für Rundgänge des Preisgerichtes aufgebaut wurden.»

Bei einer Jurysitzung wurde dann diskutiert und abgestimmt, bis der erste Platz feststand. Dessen Entwurf wurde dann geprägt.

Sieger war ein weiteres Mal der Hamburger Bildhauer und Graphiker František Chochola. Er hat bereits etliche Münzen für das Berliner Ministerium entworfen, was als anspruchsvoll gilt - wegen des kleinen Formats und der Reliefwirkung. Außerdem ist der Hieronymus-Taler eine Besonderheit, denn er ist erst «die zweite deutsche Farbmünze», wie das *Deutsche Münzen Magazin* meldet. Irgendwie hat man festgestellt, dass im Kampf um visuelle Aufmerksamkeit einfarbig silberne Münzen mittlerweile zu wenig hervorstechen. Dem soll die blau, weiß und rot gestaltete Uniformjacke Münchhausens auf der Münze abhelfen.

Auch daran ist zu erkennen, dass im Münzwesen nichts dem Zufall überlassen wird. Der deutsche Münzmarkt ist der größte in Europa. Das BMF ist bekannt dafür, die Münzen in hohen Auflagen zu prägen, weil die Nachfrage das hergibt. Schließlich möchte man nicht drauf sitzen bleiben. Kürzlich war etwa *Spiegel Online* zu entnehmen, dass die Einnahmen aus dem Münzverkauf mit 300 Millionen Euro helfen, die schwarze Null im Bundeshaushalt gegenzufinanzieren. Es ist also Fingerspitzengefühl gefragt bei der Entscheidung, wie viele Münchhausen-Münzen am Ende gefragt sein werden, um einen guten Schnitt zu machen. Derzeit schätzt man: mit insgesamt etwa 900 000 Stück sollte die Nachfrage abgedeckt werden.

Der Stolz darüber, mit Hilfe von Gedenkmünzen den Haushalt der Regierung zu stützen, ist Ulrike Bohm und ihren Kollegen anzumerken. Die Wand des Büros ist gepflastert mit Darstellungen verschiedener Münzserien wie «Klimazonen der Erde», «Heimische Vögel» oder auch «Grimms Märchen». Auch der «Wolf und die sieben Geißlein» wird 2020 ins Rennen geschickt.

Irgendwann an diesem Nachmittag muss er natürlich fallen, der Begriff «Lügenbaron». Auf der Münze selbst taucht er allerdings nicht auf. Ulrike Bohm selbst hat das so entschieden. «Dass der zu Würdigende diesen Begriff nicht mochte und aus gutem Grund nicht wollte, das haben wir zu respektieren, und das haben wir durchgehalten.»

Dafür allein schon dankt ihr die Familie!

Auf der Heimfahrt fällt mir ein, dass Münzen mit Hieronymus' Geschichte auf mehrfache Weise verbunden sind. Denn warum musste Rudolf Erich Raspe Hals über

Kopf nach London fliehen? Weil er einige Goldmünzen aus dem Besitz des Landgrafen von Hessen-Cassel eingesteckt hatte ... Wäre er nicht in London gelandet und auf der Suche nach einer neuen Geldquelle gewesen, wäre er vielleicht nie auf die «Wunderbaren Reisen» gestoßen, die er dann übersetzte und anonym auf Englisch veröffentlichte. Der gute Raspe. Wo liegt er begraben? Wir werden ihm eine Münze aufs Grab werfen.

Und versprochen: Wir helfen mit, die Münze zum Erfolg zu machen, und werden sie kaufen.

PS: Vergessen hätte ich nun beinahe, dass es zum gleichen Anlass auch eine Briefmarke geben wird. Sehr hübsch geworden, auch Kanonenkugelritt, auch farbig. Aber verglichen mit dem diffizilen Prozedere, das eine Gedenkmünze durchlaufen muss, ist die Marke ein Leichtgewicht.

MÜNCHHAUSEN – EIN NAME WIRD ZUM ABENTEUER

Erlebnisse und Anekdoten anderer Familienmitglieder

~

Inga: Mein Auto, die Polizei und ich

Vor einigen Jahren wohnte ich in der Frankfurter Brückenstraße, und zwar über der berühmten «Kriminalbuchhandlung». Damals arbeitete ich als Redakteurin, war viel mit dem Auto unterwegs und hatte, wie jeder in Sachsenhausen, ständig das Problem, einen Parkplatz zu finden. Hatte ich einen nicht allzu weit entfernt von meiner Wohnung gefunden, war ich froh. Eines Abends hatte ich besonderes Glück und entdeckte einen Parkplatz direkt vor meiner Haustür.

Am nächsten Morgen musste ich früh los, war aufgestanden und schaute – zufällig – aus dem Fenster, da sah ich unten mein Auto stehen und freute mich noch einmal über meinen Treffer vom Vorabend. Eine halbe Stunde später hatte ich meinen Kaffee getrunken, meine Sachen gepackt und wollte mich auf den Weg machen – und was sehe ich? Das Auto ist weg. Einfach nicht mehr da! Sag mal, spinnst du, fragte ich mich, es hat doch eben noch dort gestanden. Meine Nachbarin Ute, die vorbeikam, bestätigte: «Ja, dein Auto, das stand genau da ... heute Morgen!»

Es konnte nicht abgeschleppt worden sein, da es eindeutig nicht im Halteverbot geparkt worden war.

Was blieb mir übrig – ich marschierte mitsamt Führerschein und Kfz-Schein zur nächsten Polizeistation, um den Diebstahl zu melden. Auf der Wache wurden alle Daten aufgenommen, ich ging nach Hause. Nach zwei Stunden erreichte mich ein Anruf der Polizei: «Frau von Münchhausen, wir haben Ihr Auto gefunden.» Es sei keineswegs abgeschleppt worden, sondern stehe am Flughafen. Die Beamten waren sehr nett, sie boten mir an, mich dorthin mitzunehmen, sie müssten sowieso gerade in die Richtung, und einen Autoschlüssel hätte ich ja wohl! Los ging es im Streifenwagen, und tatsächlich: Am Flughafen wartete mein Golf, und zwar im Halteverbot, das war den Parkwächtern aufgefallen, die es gemeldet hatten. Alles prima, ich bedankte mich bei den Beamten und machte mich auf den Weg zu meinem Termin nach Mannheim. Zeit hatte ich an diesem Morgen schließlich schon genug verloren.

Auf der Autobahn aber wurde ich plötzlich von einem Polizeiwagen auf den Seitenstreifen gewinkt: Kontrolle, bitte Ihre Papiere, Führerschein etc.

Tja, Pech: Die Papiere hatte ich zu Hause liegen gelassen ... So, so, sagten die Beamten und schauten mich misstrauisch an. Dieses Auto sei gestohlen, teilten sie mir mit. «Ja», lachte ich, «ich weiß! Es ist aber mein Auto.»

Sie schüttelten den Kopf, sichtlich irritiert, um mich dann kurz angebunden nach meinem Namen zu fragen.

«Inga von Münchhausen ...»

«Was soll das heißen – Münchhausen? Wollen Sie uns

auf den Arm nehmen? Sie fahren hier mit einem gestohlenen Fahrzeug durch die Gegend und behaupten, Münchhausen zu heißen? Jetzt kommen Sie erst mal mit.»

Mir war gar nicht wohl, die Sache schien doch komplizierter als zunächst gedacht. Ich musste in den Wagen steigen, die Verhandlung wurde auf einem nahen Parkplatz fortgesetzt.

«Bitte», flehte ich, «tun Sie mir doch den Gefallen und rufen Sie Ihre Kollegen in der Polizeistation Sachsenhausen an, die können Ihnen alles erklären.»

Dazu waren die schließlich auch bereit – nachdem man sie endlich erreicht hatte. Aber selbst das half mir in meiner misslichen Lage nicht weiter, denn dort hatte inzwischen die Schicht gewechselt, und alles, was die Autobahnpolizisten von den Sachsenhäuser Kollegen hörten, war: «Das Fahrzeug mit dem genannten Kennzeichen ist hier eindeutig als gestohlen gemeldet.»

Ich konnte es kaum glauben.

Aber das Telefonat war noch nicht beendet. «Tja», hörte ich meine Aufpasser ihren Kollegen in Sachsenhausen mitteilen: «Hier sitzt eine Frau, die behauptet, sie heiße Münchhausen, und es sei ihr Auto ...» Dabei warfen sie mir abfällige Blicke zu. Ich wurde immer kleiner.

«Das Fahrzeug ist gestohlen, und in der Datei steht, die Besitzerin sei eine Frau Frei...», teilte Sachsenhausen mit.

«Frau Frei?» Da habe ich allerdings ziemlich schnell geschaltet: «Ja, richtig!», beeilte ich mich zu erklären: «Das ist ein Dreher, es gehört zu meinem Namen, der heißt vollständig: Inga Freifrau von Münchhausen ...»

Das machte alles schlimmer und trug nun zur kompletten Verwirrung der beiden Beamten bei: «Wie, Moment mal! Jetzt heißen Sie plötzlich Frei oder Frau Frei oder Frau Münchhausen – oder wie? Ich will Ihnen mal was sagen: Das gibt eine Anzeige wegen Vortäuschung falscher Tatsachen.»

Ich weiß nicht mehr genau, wie lange ich benötigte, um sie zu veranlassen, ein weiteres Mal in Sachsenhausen anzurufen – jedenfalls klärte sich am Ende der Irrtum auf: Man hatte dort einfach vergessen, mein Auto aus der Fahndungsdatei zu löschen, nachdem es am Flughafen aufgefunden worden war, und so geriet ich an diesem Tag dreimal in die Fänge der Ordnungshüter. Mein Pech war nicht nur, dass mein Auto kurzzeitig gestohlen worden war, sondern vor allem, dass mein seltsamer Namen die Lage sehr viel komplizierter gemacht hatte.

Inga Freifrau von Münchhausen, Jahrgang 1943,
lebt in Buchschlag bei Frankfurt.

~

Christiane:
Was Theo sich abschaute

Ich erinnere mich, dass der Name unserer Familie 2011 plötzlich sehr en vogue war, denn er wurde immer wieder im Zusammenhang mit der Guttenberg-Affäre genannt: Der Verteidigungsminister Karl-Theodor zu Guttenberg hatte in seiner Promotion mit dem Prinzip Copy and Paste gearbeitet, nicht sauber zitiert und obendrein Quellen nur unvollständig angeführt.

Das alles wurde als die Methode eines Lügenbarons entlarvt und sogar mit meiner Familie in Verbindung gebracht. Zum Beispiel hat angeblich, so eine satirische Behauptung in der *FAZ*, «Mama Guttenberg» gegenüber der *Bild*-Zeitung geäußert: «Zigmal habe ich dem kleinen Theo damals verboten, mit den Münchhausens zu spielen. Aber nee! Und nun sieht er, was er davon hat.»

Ja, ja, wir Münchhausens sind angeblich nicht nur Meister im Lügen, sondern auch noch gefährliche Freunde!

Dr. Christiane Freiin von Münchhausen, Jahrgang 1982, lebt in Kiel.

~

Barbara: Ein Autogramm als Liebesdienst

Als mein Mann Kai und ich noch in Kasachstan lebten, freundeten wir uns mit einer jungen deutschen Mitarbeiterin des Generalkonsulats in Almaty an. Eines Tages fragte sie mich schüchtern, ob Kai eventuell bereit sei, ihr ein Autogramm zu geben. Natürlich war der Herr Baron dazu bereit. So lud sie uns bald darauf zu sich nach Hause zu grünem Tee und Kuchen ein. Nachdem wir uns eine Weile unterhalten hatten, zog sie ein Blatt mit einer Geschichte des Barons Münchhausen hervor, offenbar aus dem Internet ausgedruckt (und zwar auf Englisch, was mich verwunderte). Sie bat Kai, den Ausdruck zu signieren. Als sie das Papier wieder verstaut hatte, erzählte sie mit strahlenden Augen, sie habe gerade eine Romanze mit einem Vertreter des kasachischen Außenministeriums, der ein riesiger Fan der Abenteuer des Barons Münchhausen sei. Mit dem Autogramm wolle sie ihn bei ihrem nächsten heimlichen Treffen überraschen und ihm eine Freude machen. Sie zwinkerte uns verschwörerisch zu.

Heute sind die beiden verheiratet und haben eine Tochter.

Meine jüngsten Erfahrungen sind prosaischer. Vor etwas mehr als einem Monat saß ich in meiner Funktion als Leiterin des Goethe-Instituts Georgien bei einem offiziellen Essen in Baku. Ein etwas langweiliger Tischnachbar spulte seine Geschichten ab. Als er allerdings meinen Namen erfuhr, wurde er plötzlich sehr lebendig. Enthusiastisch lobte er einige sowjetische Verfilmungen der Geschichten des Barons und bestand darauf, dass ich mir diese ansah. Und zwar umgehend: Auf seinem Tablet rief er gleich die verschiedenen Versionen inklusive Zeichentrickfilmen aus der Frühzeit der russischen Animationskunst auf. So verbrachten wir einen sehr vergnüglichen Abend.

Kurze Zeit später fuhr ich mit einem französischen Kollegen Richtung Abchasien, dem besetzten Gebiet. (Wir kamen nicht hinein, da die Abchasier und die Georgier sich nicht grün sind, aber das ist eine andere Geschichte.)

Auf der Hinfahrt im Zug verglichen wir unsere Pässe, und der Diplomat sagte mir mit strahlendem Lächeln, was für einen wundervollen Namen ich hätte! Die Legende vom Baron Münchhausen sei so berühmt, dass kein Mensch, dem ich in Georgien vorgestellt werden würde, mich jemals wieder vergessen könne. Ich war etwas unsicher, ob das wirklich schmeichelhaft sei, beschloss aber, es als Kompliment aufzufassen.

Bei einem Treffen in Wien im vergangenen Sommer erfuhr ich jedoch von einer US-Amerikanerin eine ganz andere Reaktion. Nachdem ich ihr vorgestellt wurde, bat sie mich: «Please, tell me something about your name.» Mir war nicht ganz klar, wie vertraut sie mit der historischen Figur war, daher fragte ich: «Do you know about Muenchhausen?», woraufhin sie erwiderte: «Well, I know the Munchhausen-Syndrom, of course.» Dass nicht seine Abenteuer und Reisen, sondern die nach ihm benannte psychische Erkrankung bekannt war, war für mich eine neue Erfahrung.

Barbara Freifrau von Münchhausen, Jahrgang 1957, lebt in Tiflis / Georgien.

~

Gerhard: Münchhausen flunkert wieder

Meine kürzlich verstorbene Frau Bettina, eine geborene Münchhausen, konnte wunderbar Geschichten erzählen. Sie liebte es, Details auszuschmücken und die Handlung, wie es ihr gerade passte, zu erweitern. Als wir uns noch nicht sehr lange kannten, wunderte ich mich, dass manches in diesen Geschichten nicht stimmte. Ich unterbrach sie dann, verwies auf Fakten, die ich anders in Erinnerung hatte, oder meldete Zweifel an. Das nannten wir «Münchhausen flunkert wieder ...»

Ansonsten erinnere ich mich noch an eine Erzählung meines Schwiegervaters Ernst Friedemann von Münchhausen. Auch dieses Erlebnis stammt aus der Frühzeit meiner Beziehung zur Familie. Friedemann berichtete über einen Kommilitonen in der Studienzeit, der ihm angeblich aufgefallen war, weil er seltsame Narben neben beiden Augen hatte. Gefragt, woher diese Narben rührten, lautete die Erklärung, er habe als Kind immer seine beiden Augäpfel herausgenommen und als Lutscher eingesetzt. Das habe seine Eltern derartig gestört, dass sie die Augäpfel festnähen ließen – daher die seltsamen Narben.

Mein Schwiegervater beharrte darauf, dass die Geschichte nicht erfunden sei. Ich hatte meine Zweifel, verstand aber, dass jemand, der Münchhausen heißt, in dieser Hinsicht gewisse Freiheit genießt und braucht.

Gerhard Bauer, Jahrgang 1938, lebt in Essen.

«WARUM HAT MAN NIEMALS DEN MENSCHEN HIERONYMUS MÜNCHHAUSEN GESEHEN?»

Ein Interview mit Claudia Erler, Leiterin des Münchhausen-Museums in Bodenwerder

~

Claudia Erler, in Leipzig geboren, lebt seit 45 Jahren in der niedersächsischen Samtgemeinde Bodenwerder-Polle. Die promovierte Pädagogin und Literaturwissenschaftlerin war viele Jahre lang als Schulleiterin tätig. Seit April 2019 leitet sie das Münchhausen-Museum in Bodenwerder. Für das Jubiläum hat sie große Pläne. Darüber wollte ich mehr von ihr erfahren.

Frau Dr. Erler, im Jahr 2020 soll Hieronymus Münchhausen gefeiert werden, der große Fabulierer. Aber zu Lebzeiten hat er etliche Feinde gehabt. Was für Feinde waren das?

«Da ist vor allem einer zu nennen, Rochus Graf von Lynar. Im Jahr 1761 hat er ein Pamphlet verfasst mit dem Titel ‹Der Sonderling›. Darin zitiert er drei Abenteuergeschichten ‹von diesem Sowieso›, die zu jener Zeit unveröffentlicht waren und die später nirgendwo anders mehr auftauchen. Lynar äußert sich sehr abfällig über den Inhalt. Etwa in dem Sinn: Wer seine Kinder gut erziehen will, der sollte ihnen beibringen, die Bibel zu lesen, nicht solche unwahren Geschichten – von ‹Lügen› ist aber noch nicht die Rede.

Unwahre Geschichten also, wie sie ‹dieser Sowieso› erzählt. Der Name Münchhausen fällt nicht. Aber meiner Meinung nach vertritt Lynar eine drastisch pietistische Position in diesem Buch: Man erkennt die Diskrepanz zwischen seiner Haltung und dem damals gerade aufkommenden aufklärerischen Gedankengut.»

Lynar war ein paar Jahre älter als Hieronymus Münchhausen. Sind die beiden einander begegnet?

«Ich glaube, ja. Rochus Lynar war Diplomat in dänischen Diensten und tauchte 1749 in Sankt Petersburg auf, da könnten beide einander begegnet sein. Als Konkurrenten. Und 1757 spielt Lynar eine Rolle in der Schlacht von Hastenbeck, im Siebenjährigen Krieg. Hastenbeck liegt zehn Kilometer von Bodenwerder entfernt.»

Auf diesen großen Krieg müssen wir später noch einmal zu sprechen kommen. Der war ja zu einer Zeit, als Hieronymus Münchhausen gar nicht mehr beim Militär war.

«Hieronymus war 1750 aus Russland zurück nach Bodenwerder gekommen. Dann saß er einfach zu Hause in seinem Sessel, hatte also mit den streitigen Parteien nicht viel zu tun. Das ist ihm aber trotzdem übelgenommen worden. Die Ereignisse im Siebenjährigen Krieg und die Folgen für Calenberg, die finde ich gerade besonders spannend.»

Noch einmal kurz zurück zu den Feinden: Die Verunglimpfungen Münchhausens begannen – siehe Lynar – nicht erst mit dem schmutzigen Scheidungskrieg, als er von den Anwälten seiner zweiten Ehefrau, Bernhardine, als Lügenbaron tituliert wurde. Er hatte wohl noch weitere Gegner, ganz in der Nähe, und vor allem viel früher. Warum zankte sich Hieronymus Münchhausen dauernd mit den Bürgern von Bodenwerder?

«Es ging immer wieder um Grund und Boden, um Zugangsrechte. Die Stadt lag auf einer Weserinsel, sie war eine vom Wasser umschlossene Festung, bis 1948. Gleich neben dem heutigen Museum hat es fünf Bastionen gegen Westen gegeben. Auf der anderen Seite war man durch Berge abgesichert.

Und Bodenwerder war eine Enklave, es gehörte zum Fürstentum Calenberg, während sämtliche Dörfer ringsum immer zum Kurfürstentum Braunschweig-Lüneburg zählten. In diesen Dörfern wohnen Menschen, die heute noch zu wissen behaupten, wann Münchhausens Kuh mal über den Zaun gesprungen ist und wie arm er war ... Noch im 19. Jahrhundert, nach der misslungenen Revolution, hat der König von Hannover den Bodenwerderanern den Auftrag gegeben, gegen diese feindlichen Dörfer ringsum zu kämpfen. So ist meiner Ansicht nach auch zu erklären, warum man eigentlich nie den Menschen Hieronymus Münchhausen gesehen hat: weil die Enklave Bodenwerder eben diese Sonderrolle hatte. Niemand hat sich darum geschert, das mal aufzuarbeiten.»

Sind diese feudalen Zugehörigkeiten immer noch zu spüren?

«Ja, bis heute.»

Da gibt es offenbar Vorbehalte und gewachsene Feindschaften, die nur auf diese historischen Zusammenhänge zurückzuführen sind. Aber wie sah es drinnen aus, zwischen den Bürgern und dem Gutsherrn Hieronymus?

«Die Bodenwerderaner verfügten über ihre Stadtrechte, hatten einen Bürgermeister und Ratsherren. Hieronymus war der einzige Adlige im Ort, er erwartete eine gewisse Unterwürfigkeit der Bürger. Aber die dachten gar nicht dran. Die beiden Seiten konnten nichts miteinander anfangen, und das zu einer kriegerischen Zeit.»

Sie sprechen vom Siebenjährigen Krieg, der eben kein regionales Scharmützel war. Die Allianzen bekämpften sich über ganz Mitteleuropa, Preußen und Hannover beziehungsweise Großbritannien auf der einen und Österreich, Frankreich und Russland auf der anderen Seite.

«Der Siebenjährige Krieg bedeutete hier in Bodenwerder vor allem Hunger und Missernten, dann erfolgte auch noch die Einquartierung der Franzosen. Obendrein gab es ständig wiederkehrende Belastungen, beispielsweise durch Hochwasser. Münchhausen hat erst um den Gutshof herum eine Mauer errichtet und dann auch noch sein Land aufgeschüttet. Daher gab es im Gelände von Nord nach Süd ein Gefälle, das heute immer noch zu erkennen ist, wie ich einmal mit dem Zollstock nachgemessen habe. Mit der Folge, dass bei den Armen das Wasser im Wohnzimmer stand, während Hieronymus bei sich alles gerettet hatte.»

Er war wohl kein besonders verträglicher Mensch?

«Oder eben einer, der sich zurückgezogen hat.»

Mit 30 Jahren? Er hatte doch noch mehr als die Hälfte seines Lebens vor sich.

«Er hat nach seiner Rückkehr zu Hause nie wieder richtig Fuß gefasst. Abgesehen davon war er alles andere als wohlhabend. So etwas wie eine kleine Residenz hat er nicht geführt, da gab es keine Feste oder ein bisschen Kultur. Vielleicht hätten die Bodenwerderaner ihn anerkannt, wenn das anders gewesen wäre.»

Aber für das, was Sie jetzt als «ein bisschen Kultur» bezeichnen, war er womöglich auch nicht der Typ. Er gilt nicht gerade als belesen.

«Das würde ich anders sehen. Hieronymus war kein Ignorant, nein. Immerhin hat er hier die sogenannte Lateinschule besucht. Und er hat mit siebzehn Jahren im Schloss Bevern bei den Fürsten von Braunschweig-Wolfenbüttel die Ausbildung als Page genossen. Über den Inhalt dieser Ausbildung wissen wir viel zu wenig. Auch sein familiäres Umfeld war gebildet. Sein Onkel Gerlach Adolph hat die Universität Göttingen gegründet. Hieronymus hat sich ebenfalls mitunter in Göttingen aufgehalten.»

Dass Hieronymus nicht ganz so simpel und ungebildet war, wie gern behauptet wird, finde ich interessant: Auch der Münchhausen-Forscher Bernhard Wiebel ist der Ansicht, dass die Wurzeln vieler Münchhausen'scher Abenteuer sehr weit in die klassische Literatur zurückreichen. So hat beispielsweise der antike Schriftsteller Lukian schon von einem halbierten Pferd erzählt.

«Ich denke auch, dass Münchhausen das gewusst hat. Lukian war im 18. Jahrhundert bekannt, das war in groben Zügen Erzählgut, auch wenn er komplett erst später, von Christoph Martin Wieland, dem Dichter der Aufklärung, aus dem Altgriechischen übersetzt worden ist.»

Wir landen immer wieder bei der Frage, wo eigentlich die Ursup-

pe der Abenteuererzählungen brodelte, aus der sich Hieronymus und dann auch Rudolf Erich Raspe und Gottfried August Bürger bedient haben. Aber steht inzwischen nicht fest, dass nur die frühen Jagd- und Winterabenteuer auf Hieronymus selbst zurückgehen?

«Eindeutig, ja. Aber diese frühen Abenteuer liebe ich ganz besonders. In Bodenwerder kann ich diese Berichte auch verorten.»

Das bedeutet, Sie können bestimmte Details der Abenteuer in der Landschaft wiedererkennen?

«Ja, genau. Nehmen wir die Jagd auf den Hirsch, den Münchhausen mit Pulver und Kirschkernen befeuert, woraufhin der zwar nicht stirbt, sondern ihm zwei Jahre später wieder begegnet, ‹mit einem vollausgewachsenen Kirschbaume zwischen seinem Geweihe›, heißt es bei Bürger. Seit dem frühen Mittelalter gibt es hier in meiner Nachbarschaft eine Kirschplantage von Mönchen. In der Nähe, im Vogler dort drüben, befand sich das Jagdgebiet, wo Adlige eine festgelegte Anzahl von Rotwildhirschen im Jahr schießen durften. Das Jagdrecht vergab die Stadt.»

Wenn wir den Blick jetzt mal nach vorn richten: Wie bereitet man sich im Museum auf das Jubiläum im Frühjahr 2020 vor?

«Das Museum hat sich langsam entwickelt. Früher gab es nur ein Münchhausen-Zimmer im Gutshaus drüben, jetzt die beiden Stockwerke in der Schulenburg, neben dem Gutshaus.»

Da gibt es viel zu sehen – Bilder und Dokumente aus dem Leben von Hieronymus, Jagdutensilien und etliche Ausgaben der Abenteuer. Ich habe aber vor allem erlebt, mit wie viel Tempo und

Details Ihre Mitarbeiterinnen den Besuchern von Münchhausens Abenteuern berichten.

«Die Besucher des Museums sind interessiert daran, die Abenteuer zu hören, und meine Mitarbeiterinnen wissen unglaublich viel, sowohl, was die Erzählungen betrifft, als auch aus der Biographie von Hieronymus.

Ich möchte gerne, dass das Museum für das Jubiläum umstrukturiert wird, damit es auch aus sich selbst heraus erzählen kann, nicht nur mit Hilfe des persönlichen Einsatzes.

Wir haben viele Gäste aus dem Ausland, ein Drittel davon kommt aus Russland. Viel Freude haben auch Niederländer und Besucher aus dem skandinavischen Raum. Wir müssen also Mehrsprachigkeit bieten, zumindest Erläuterungen auf Englisch und Russisch. Es werden große Erwartungen von außen an uns gestellt.»

Können Sie noch etwas konkreter beschreiben, was das Umstrukturieren bedeutet?

«Das erste Thema ist das Erzählen. Wie kam es, dass die Erzählungen von Hieronymus aufgeschrieben wurden? Raspe und Bürger müssen dazukommen, die dafür gesorgt haben, dass die Geschichten nicht verlorengegangen sind.

Dann ist eine Abteilung geplant, die ich ‹Philosophieren› nennen möchte und die beleuchtet, dass Münchhausens Abenteuer vor dem Hintergrund der deutschen Aufklärung zu sehen sind. In beinahe jeder der Erzählungen kommt aufklärerisches Gedankengut vor, was natürlich auf Gottfried August Bürger zurückgeht, aber Münchhausen selbst lebte ja auch in seiner Zeit.»

Gehört eigentlich auch die romantische Grotte, in der Hieronymus seine Freunde um sich scharte, zum Museum?

«Ja. Die Grotte drüben, wo Münchhausen mit seinen Herren gesessen und erzählt hat, wollen wir etwas frisch machen. Sie ist im Rahmen von Führungen zu besichtigen. Es gibt einen Kamin, einen Kronleuchter, und wenn man dort im Sessel sitzt, hat man die Gesellschaft vor Augen, die sich hier traf. Man sieht von dort oben auf die Stadt herunter ... Hieronymus hat diese Grotte gegen Ende des Siebenjährigen Krieges gebaut und auch die Initialen seiner Frau Jakobine über dem Eingang anbringen lassen.»

Wie reagieren denn Kinder auf das Angebot?

«Neulich war eine spanische Familie hier, der kleine Sohn kannte sämtliche Abenteuer von Münchhausen. Das fand ich beeindruckend. Und interessant war auch, wie einmal ein anderer Junge die Zopfgeschichte hörte und dann sagte: ‹Aber stopp! Münchhausen hat doch gar nicht *sich* gerettet, er hat seinen besten Freund mit herausgezogen!› An solchen Äußerungen erkennt man, für welche Werte die Erzählungen auch stehen können.»

MÜNCHHAUSENS ABENTEUER, DAMALS

Eine Nacherzählung der bekanntesten Abenteuer des Lügenbarons

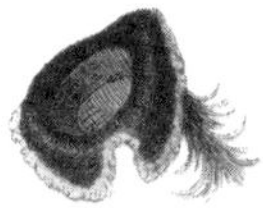

Am eigenen Zopf aus dem Sumpf gezogen

Der alte Münchhausen war nicht nur ein Abenteurer, sondern – wie in jeder dritten Erzählung erwähnt wird – auch ein großartiger Reiter, davon erzählt eine ganze Reihe von Abenteuern. Häufig nennt er seinen Gaul dabei «den alten Litauer». Er soll über fast ebenso magische Kräfte verfügt haben wie sein Reiter. Der sagt in üblicher Bescheidenheit über sich selbst: «Ich bin immer berühmt gewesen, sowohl wegen der Vortrefflichkeit meiner Pferde, Hunde und Gewehre, als auch wegen der besonderen Art, das alles zu handhaben, sodass ich mich wohl rühmen kann, in Forst, Wiese und Feld meines Namens Gedächtnis hinreichend gestiftet zu haben ...»

Ausnahmsweise hatte sich dieser Spitzenreiter aber einmal doch schwer verschätzt, nämlich beim Sprung über einen Morast. Der tückische Graben war breiter, als zunächst gedacht. Mitten im Sprung (!) hält Hieronymus daher kurz mal an – und kehrt um.

Neuer Anlauf, und pardauz, es hat auch diesmal nicht

gelangt, er erreicht das gegenüberliegende Ufer nicht, sondern landet tief im Matsch. Bis zum Hals, heißt es.

Was nun?

«Hier hätte ich unfehlbar umkommen müssen», lesen wir bei Gottfried August Bürger, dem Schöpfer der Geschichte, und jetzt kommt's: Hätte der Reiter nicht einen so unfassbar kräftigen, muskulösen Arm gehabt, ja, was dann? So aber kann er sich mit Hilfe dieses Wunder-Arms am eigenen Haarzopf aus dem Sumpf herausziehen. Weil er dabei außerdem das Pferd fest zwischen die Oberschenkel klemmt, wird das Tier gleich noch mit aus der Gefahrenzone herausmanövriert.

Ein Wunder. Sämtliche Gesetze der Schwerkraft werden außer Kraft gesetzt. Warum? Ganz einfach: Damit Münchhausen weiterreiten kann.

Ich habe gehört, dass dieses Abenteuer von einfallsreichen Lehrern gern im Physikunterricht eingesetzt worden sei, um die Newton'schen Gesetze der Schwerkraft anschaulich darzustellen. Die Physiker werden nicht vergessen haben, darauf hinzuweisen, dass diese Lösung eine einmalige ist.

~

Das halbierte Pferd

Eines der bekanntesten Abenteuer dreht sich ebenfalls um den lobend erwähnten «Litauer». Dieses Pferd begleitet Hieronymus durch viele der Kriegserlebnisse, so auch vor der Festung Otschakow, an der Mündung des Dnjepr gelegen. Als es den russischen Truppen gelingt, den türkischen Feind aus der Festung zu vertreiben, ist Hieronymus auf seinem sagenhaft schnellen Gaul wieder ganz vorn dabei und sieht zu, wie der Feind die Festung aufgibt und flieht. Einen Moment lang findet Hieronymus sich allein auf dem Marktplatz wieder, erstaunt, wo denn seine Husaren und die Trompeter abgeblieben sind, die doch den Sieg herausschmettern sollen. Am Brunnen lässt er seinen erschöpften Litauer erst einmal ordentlich saufen. Der säuft und säuft, als müsse er den ganzen Brunnen leeren. Was der Reiter zunächst nicht bemerkt, dann aber doch kaum glauben kann, als er sich im Sattel umdreht: Das Hinterteil fehlt, keine Kruppe, keine Hinterbeine, beides wie abgeschnitten. Unglaublich!

Keiner der zahlreichen Zeichner, die Münchhausens Abenteuer illustriert haben, lässt sich diese Szene entgehen: Da steht das Pferd, auf zwei Vorderbeinen, den Kopf tief in den Brunnen gesenkt, während das Wasser hinten wieder herausfließt, ungläubig bestaunt vom Reiter im Sattel. Auch hier wird wieder gespielt mit den Gesetzen der Schwerkraft. Denn wie der zweibeinige Gaul anschließend überhaupt vorankommen kann, mit dem aufrecht sitzenden Kürassier auf dem Rücken, das interessiert Hieronymus nicht im Geringsten und bleibt unerwähnt.

Aber die Geschichte geht weiter: Da kommt jetzt nämlich sein Reitknecht angelaufen, lacht und flucht und bringt es kaum heraus, nämlich die Erklärung, was passiert war: Auf dem stürmischen Ritt hinein in die Festung hatten die verängstigten Bewohner am Tor das Schutzgitter herabrasseln lassen. Ausgerechnet in jenem Moment, da Hieronymus hindurchritt, wurde das Pferd in zwei Teile getrennt. Normalerweise wäre das Tier wohl umgehend zusammengebrochen, aber normal darf es hier keinesfalls zugehen, so viel haben die Leser gleich verstanden. Während der ahnungslose Hieronymus also mit dem Litauer einfach weitergeritten sei, dem Feind hinterher, hätten Pferderücken und Hinterbeine äußerst wütend ringsum gegen alles ausgeschlagen, meldet der Reitknecht, und sich dann auf eine Weide zurückgezogen. Was folgt, ist eine der seltenen erotischen Anspielungen in den Abenteuer-Erzählungen: Teil 2 des Pferdes habe auf der Weide einige Stuten getroffen, sich mit denen vergnügt die Zeit vertrieben und dabei das eben erlittene Pech vergessen.

Womit bewiesen war, dass beide Hälften des Litauers noch lebten, wenn auch die Sache mit dem Trinken nicht ideal gelöst schien. Der Kurschmied musste helfen – indem er die beiden Pferdehälften mit Hilfe von Sprösslingen eines Lorbeerbaums wieder zusammenbaute. Tatsächlich schlugen die Pflänzchen an und wurzelten, und nach einiger Zeit grünte eine Art Lorbeerlaube über Hieronymus. Es konnte ja kein Zufall gewesen sein, dass der Schmied ausgerechnet Lorbeer gewählt hatte. Auf diese Weise wurde der Ruhm von Pferd und Reiter gleichermaßen augenfällig. Ein ironischer Kommentar zum Ehrgehabe der Gekrönten.

MÜNCHHAUSEN – EIN NAME WIRD ZUM ABENTEUER

Erlebnisse und Anekdoten anderer Familienmitglieder

~

Matthias: «... und ich bin der Kaiser von China!»

Als Student in München, das ist schon ziemlich lange her, wohnte ich in Schwabing. Auf der Kreuzung vor meiner Wohnung gab es eines Tages einen Autounfall. Als braver Mitbürger rief ich die Polizei an und machte Meldung: «Guten Tag, hier an der Ecke Schelling- / Barer Straße hat es eben einen Auffahrunfall gegeben.» Dummerweise war an diesem Tag gerade Rosenmontag, in ganz München herrschte Ausnahmezustand. Im Hintergrund hörte ich auf der Polizeiwache laute Musik. Der Beamte bedankte sich aber für die Meldung: «Und wie ist Ihr Name?»

«Münchhausen.»

«Wie, Münchhausen ...?»

«Ja, von Münchhausen, heiße ich.»

Lautes Gelächter. «Unmöglich. Kann doch nicht sein.»

Ich versuchte es noch einmal. «Doch, Münchhausen, genauer: Freiherr von Münchhausen, so heiße ich ...»

Ja, sagte der Polizist daraufhin, «und ich bin der Kaiser von China», und legte auf.

Ob der Auffahrunfall an der Ecke Schelling- / Barer

Straße jemals von der Polizei aufgenommen wurde, habe ich leider vergessen.

Meine nächste Geschichte spielt in Bodenwerder, wohin ich eingeladen wurde, weil der Vorsitzende unseres Familienverbands, damals mein Vetter Hieronymus, ebenfalls Ehrenvorsitzender der Schlaraffia war, einer Freimaurer-Vereinigung. Im Saal hatte sich eine große Runde versammelt, wir Münchhausens wurden eigens begrüßt. Irgendwann verließ ich den Raum und ging hinunter auf die Herrentoilette. Neben mir stand ein Mann, schon leicht angeschickert, und haute mich von der Seite an, das war mir nicht angenehm – so am Becken.

«Du, ich habe da mal eine Frage.»

«Ja, was ist denn?»

«Also, was machst du eigentlich so beruflich, wenn du nicht gerade hier in Bodenwerder den Münchhausen spielst?»

Er hatte mich für eine Art Kleindarsteller gehalten.

Bei meinem dritten Erlebnis fuhr ich mal mit meinem Vater durch die DDR – als es sie noch gab. Versehentlich gerieten wir in ein Manövergebiet. Vorn auf der Ablage im Auto lagen eine Kamera und eine Landkarte. Google Maps war noch nicht erfunden, und wir mussten uns mit Hilfe der Karte orientieren. Wir merkten aber bald, irgendetwas stimmte nicht, und auf einmal tauchten neben unserem Auto erdbraun Uniformierte mit großen Tellermützen auf: sowjetische Soldaten, die uns in gebrochenem Deutsch fragten, was wir hier eigentlich zu suchen hätten.

«Wir haben uns verfahren», antworteten wir wahrheitsgemäß.

Sie guckten etwas böse, schrieben unser Autokennzeichen auf, ließen uns dann aber weiterfahren.

Als wir kurz darauf an die Grenze kamen, wurden wir herausgewinkt, ein Stasi-Offizier trat näher. Wir hatten ein ungutes Gefühl: Vermutlich würden wir jetzt streng vernommen, was wir in dem abgesperrten Gebiet eigentlich verloren hätten, wie wir dort hingekommen seien etc. Wahrscheinlich hielt man uns für West-Agenten.

Aber nein – was wollte der Vopo-Offizier von uns wissen, in breitem Sächsisch?

«Ich hab da mal 'ne Fraare. Saren Se mal, gönnen Se ooch so schön lügen wie Ihr Vorfahr?»

Uns fielen drei Steine vom Herzen. Das ist natürlich die Frage, die jeder in unserer Familie schon dutzendfach gehört hatte. Aber noch nie war es vorgekommen, dass ich daraufhin einen Vopo-Offizier erleichtert angestrahlt habe.

Matthias Freiherr von Münchhausen, Jahrgang 1944, lebt in Apelern, Landkreis Schaumburg.

~

Anna: Als kleine Lügenbaronesse erwischt

Wann geht einem Kind zum ersten Mal auf, dass mit seinem Namen etwas nicht stimmt? Dass er irgendwie aus der Reihe tanzt? Was leider zu Problemen führen kann, die man in jungen Jahren auf keinen Fall begreift?

Ich weiß es nicht, wann mich diese Ahnung zum ersten Mal beschlich. An ein frühes Erlebnis erinnere ich mich allerdings genau. Ich war elf.

Ein muffiges Klassenzimmer im Gymnasium. Den Biologielehrer, den alle wegen seiner auffallenden dreieckigen Physiognomie «Äffchen» nannten, den liebte ich.

Weniger liebte ich seine Leidenschaft für Herbarien; er nahm das sehr genau, das Sammeln von Pflanzen, das Trocknen. Sauber aufgeklebt und möglichst exakt beschriftet gehörte das, mit dem botanischen Namen natürlich.

Spät dran war ich, mit meiner Heilpflanzensammlung. So nachlässig hatte ich die Blüten und Stängel getrocknet, dass ich kaum noch erkannte, ob es sich nun um Kamille, Salbei oder doch die harntreibende Brennnessel handelte. Ich musste fertig werden, der Abgabetermin nahte.

Und ich klebte und schrieb und schrieb und klebte. Fertig! Gerade noch hatte ich es geschafft.

Zwei Wochen später. Rückgabe der zensierten Herbarienhefte. Alles so weit wie gehabt.

Aber warum schaut mich Äffchen heute so durchdringend an? Warum wedelt er mit einem Heft, ausgerechnet mit meinem? Ich erkenne den blauen Schoneinband.

«Na, was hat uns die kleine Baronesse da denn aufgetischt?», fragt er.

Es scheint, als richte sich diese Frage nicht an mich. Eher an meine Mitschüler. Einige drehen sich um zu mir, andere kichern schon.

Und dann schickt mir der da vorne noch einen Blick aus funkelnden Augen, einen Blick, den ich bis heute nicht vergessen habe: «Da hat sie sich wohl was von ihrem Vorfahren abgeguckt, von diesem Lügenbaron!» Zack, mit Schwung fliegt mir das Heft entgegen. «Alles falsch bestimmt, falsch beschriftet, einfach abenteuerlich, Fräulein von Münchhausen!»

Ob ich rot geworden bin? Wahrscheinlich. Ob ich es zu Hause erzählt habe? Doch, auch das. Ich vermute, dass die Eltern mich getröstet haben.

An diesem Tag vor über fünfzig Jahren habe ich verstanden, dass es kompliziert sein kann mit diesem Namen. Dass er auffällt und in Schwierigkeiten bringen kann. Vor allem aber, dass man es als eine Münchhausen mit der Genauigkeit schön genau nehmen sollte. Wir stehen unter permanentem Generalverdacht, und darauf hat man gefasst zu sein.

Dass ich mit meinem Nachnamen krumm aus der Reihe tanzte, das war allerdings schon vorher deutlich geworden. Die fünf älteren Geschwister, mit denen ich aufwuchs, trugen einen anderen Namen als ich. Warum, das führt hier zu weit, lassen wir es dabei, dass es sich um die frühe Form einer Patchwork-Familie handelte. Eines Tages bat ich einen meiner Brüder, einen Vers in mein grünes Poesiealbum zu schreiben. So etwas hatten kleine Mädchen damals: Eltern, Geschwister, Freundinnen schrieben in Schönschrift Sinnsprüche hinein, die dann gern mit Bildchen versehen die Seiten schmückten.

Ich sehe noch, wie mein Bruder dasitzt, mich anschaut, kurz am Stift kaut, um dann hineinzuschreiben:

«Dein Urahn zog samt seiner Mähre
Am eignen Zopf sich aus dem Sumpf.
Drum zieh' auch Du daraus die Lehre:
Ein fester Wille ist ein guter Trumpf.»

Das Poesiealbum ist längst verlorengegangen – der Spruch hat überlebt. Und einige Male habe ich mich genau im richtigen Moment daran erinnert.

Etliche Jahre nach der Entlarvung als Lügenbaronesse im Biologieunterricht fuhr ich nach London. Das Abitur lag hinter mir, ebenso die Zeit im strengen Heidelberger Internat, und alles in mir war neugierig auf die ungewohnte Freiheit. Was ein *gap year* war, wusste damals noch kein Mensch. Aber da ich mich nicht entscheiden konnte, was und wo ich studieren sollte, dachte ich, es könne nicht schaden, erst mal richtig Englisch zu lernen.

Ich nahm den Zug und die Fähre von Ostende nach Dover. Flüge waren damals noch sehr teuer, vom Eurotunnel war keine Rede, und außerdem – ja, man denke bloß! – war Großbritannien noch längst kein EU-Mitglied. Das bedeutete, dies nur am Rande, dass mir als Deutsche bei der Einreise eine drei Monate lang gültige Aufenthaltsgenehmigung in den Pass gestempelt wurde. Nach Ablauf dieser Frist hatte man sich im britischen Innenministerium, dem Home Office in High Holborn, in ewig lange Schlangen gemeinsam mit Bewohnern der alten Empire-Kolonien einzureihen, um die Genehmigung verlängern zu lassen.

London also, die Metropole. Alles war neu, alles war fremd, und ich gerade Achtzehnjährige versuchte, mich mit meinem durchaus unzulänglichen Schul-Englisch durchzuschlagen. Die Einschreibung ins College war geschafft, nun brauchte ich noch eine Bleibe. Da kam mir zu Hilfe, dass ich von einem deutschen Studenten hörte, er gehe zurück nach Hause, sein Zimmer werde frei, ich könne es mir anschauen.

Ein circa neunstöckiges Gebäude, roter Klinker, in phantastischer Lage, gleich am Holland Park. Hinter der schweren Eingangstür eine Tafel mit den Namen der Bewohner, in Gold auf Schwarz. Dort entdecke ich tatsächlich den berühmten Historiker Arnold Toynbee. Ich bin eingeschüchtert und beklommen.

Dann stehe ich in einer Altbauwohnung vor der sehr attraktiven, frisch geschiedenen Landlady. Und wer beschreibt meine Überraschung, als sie mich anschaut und sagt: «You got a very famous name, Miss von Muenchhausen, and by chance it seems we are relatives ...»

Ihr Name war Mrs. Monkhouse, aber verwandt waren wir natürlich nicht. Ich durfte trotzdem bleiben.

Über meine Adresse Anna von Münchhausen c/o Monkhouse 96, Oakwood Court haben wir noch viele Jahre gelacht.

Hätte ich damals schon gewusst, dass ausgerechnet hier in London vor mehr als zweihundert Jahren Rudolf Erich Raspe die ersten Abenteuer von Hieronymus Münchhausen übersetzt, veröffentlicht und zum Bestseller gemacht hatte, ich hätte mich gleich noch wohler gefühlt. So kam es aber in England immer wieder vor, dass mein Name, trotz seiner für britische Zungen herausfordernden Umlaute, erkannt wurde und für Heiterkeit sorgte.

~

Max: Mein schlimmstes Diktat

Mit 23 Jahren studierte ich Maschinenbau in Kaiserslautern und war auf der Suche nach einem Praktikumsplatz. Für ein Vorstellungsgespräch fuhr ich zur KWB Pumpenfabrik in Frankenthal. Es war mein allererstes Vorstellungsgespräch, und weil ich mich so unsicher fühlte, habe ich mich wahnsinnig overdressed dafür, mit schwarzem Anzug und Schlips.

Eine Mitarbeiterin der Personalabteilung holte mich ab und führte mich in ein Büro. Sie und der dann erscheinende Abteilungsleiter waren äußerst leger gekleidet, er zwar im Sakko, aber in Jeans und mit offenem Hemd.

Und ich – also, ich habe als Erstes meine Anzugsjacke ausgezogen und über den Stuhl gehängt.

Ohne Umschweife sagte der Abteilungsleiter: «Ich habe da mal eine persönliche Frage: Sind Sie mit dem Lügenbaron verwandt?»

Ich habe die übliche Geschichte ausgepackt, eben dass Hieronymus keine eigenen Kinder hatte, aber zur Familie zählt. Plug and play, die Platte abgespielt. Ehrlich gesagt, kann ich mich an den Rest des Gesprächs im Einzelnen gar nicht erinnern – nur, dass es eigentlich die ganze Zeit ausschließlich um den Namen ging.

Bei meinem nächsten Vorstellungsgespräch war ich dann angemessen angezogen.

Eine andere, sehr viel unangenehmere Erinnerung spielt in der Schule. Ich war schlecht in Deutsch, das Fach war überhaupt nicht mein Fall. Bei einer Klassenarbeit, einem Diktat, hatte ich gefehlt, daher musste ich es in einer fremden Klasse nachschreiben. Als ich die Überschrift des Textes hörte, wurde mir gleich ganz anders – ausgerechnet ein Abenteuer von Hieronymus Münchhausen! Und gar nicht lustig, nämlich die Geschichte, wie er vom Wal verschlungen und herausgeschnitten wird.

Was soll ich sagen: Ich habe Fehler über Fehler gemacht, das Ergebnis war «mangelhaft», vielleicht sogar «ungenügend». Bei einem Text über meinen Vorfahren diese Note ins Gesicht gepfeffert zu bekommen ... Mir ist die Geschichte heute noch peinlich. Aber jetzt habe ich sie wenigstens mal erzählt.

Maximilian Freiherr von Münchhausen, Jahrgang 1993, lebt in Frankfurt am Main.

«GENAU JENER MÜNCHHAUSEN»

Slapstick, Grusel und Systemkritik: Die Abenteuer als Filmstoff

~

Auf die Idee, die schrillen Abenteuer des Lügenbarons zu verfilmen, sind schon viele Drehbuchschreiber und Regisseure gekommen. So einfach, wie es zunächst ausschaut, stellt sich das aber gar nicht dar. Warum nicht?

Jede dieser Erzählungen ist, wenn man so will, eine abgeschlossene Geschichte. Es fehlt daher, was ein guter Film braucht, nämlich eine durcherzählte Handlung, die die Zuschauer reinzieht und neugierig dabeibleiben lässt.

Der Münchhausen-Forscher Bernhard Wiebel hat insgesamt vierzig Münchhausen-Filme zusammengetragen, darunter als frühestes Beispiel einen französischen Trickfilm aus dem Jahr 1911. Er ist nur elf Minuten lang, eine Mischung aus Slapstick und Grusel. Am Ende springt Münchhausen aus dem Fenster – und bleibt hängen. So etwas fand man 1911 lustig.

In einem dreiminütigen kanadischen Experimentalfilm wird Münchhausen von einem Walfisch geschnappt. Natürlich kommt er wieder ans Tageslicht.

Der bekannteste, da regelmäßig auch im Fernsehen ausgestrahlte ist der Kino-Klassiker «Münchhausen» aus dem Jahr 1943. Aus Anlass des fünfundzwanzigjährigen

Jubiläums der Ufa-Filmstudios hatte Regisseur Josef von Báky, mitten im Krieg, freie Hand zu drehen, und zwar mit großem Star-Aufgebot und vor allem in Farbe, mit der neuen Agfacolor-Technik. Einige Cineasten stufen «Münchhausen» daher auch als die deutsche Antwort auf den amerikanischen Fantasy-Film «Der Zauberer von Oz» mit der unvergessenen Judy Garland ein.

Das «Münchhausen»-Drehbuch verfasste der mit Berufsverbot belegte Erich Kästner, zunächst unter dem Pseudonym Berthold Bürger, sicherlich in Anspielung auf Gottfried August Bürger, doch im Vorspann tauchte der Name dann gar nicht auf. NS-Propagandaminister Joseph Goebbels persönlich hatte die Genehmigung für Kästner erteilt. Allerdings wurden Journalisten vor der Premiere ausdrücklich aufgefordert, Kästners Beitrag nicht zu erwähnen.

In der ersten Szene wird auf «Schloss» Bodenwerder gefeiert, ein Kostümfest. Wer das schlichte Gutshaus kennt, darf sich wundern, wie herausgeputzt die bescheidenen Verhältnisse dargestellt werden. Dann entdeckt der Zuschauer Lichtschalter, auch Automodelle – die Münchhausen-Geschichte wird also aus der Gegenwart aufgerollt. Gleich schwenkt die Kamera auf Münchhausens Ölporträt an der Wand, die Figur zwinkert dem Zuschauer zu.

Den fehlenden Erzählfaden hat Erich Kästner durch eine Rahmenhandlung ersetzt. Und er schickt den Helden auf Tournee, die jeder historischen Chronologie spottet: Vom Hof der Zarin Katharina (die Hieronymus tatsächlich nur vor ihrer Krönung erlebt hat) geht es in den Krieg gegen die Türken. Zuvor hat aber der Zauberer Cagliostro ein kleines Geschäft auf Gegenseitigkeit mit Münchhausen abgeschlossen und ihm die ewige Jugend geschenkt. Schon fliegt der blauäugige Hans Albers auf der Kugel durch die Lüfte – das Motiv des berühmten Filmplakats. Trotz blauer Augen wird er gefangen genommen, muss als Diener des Sultans allerdings keine allzu harten Dienste leisten. Weiter geht es über Wien, Venedig und mit dem Heißluftballon zum Mond, bevor die Handlung zurück in die Gegenwart hüpft und Münchhausen seinen Zuhörern erklärt, wieso er das alles selbst erlebt haben konnte. Schließlich reicht es ihm aber mit der ewigen Jugend, er steigt aus und ins Greisenalter ein, um mit Jakobine seinen Lebensabend zu genießen ... The End!

Schon diese knappe Zusammenfassung macht deutlich, dass Erich Kästner sich sehr frei am Material der Abenteuer bedient und sie deutlich erweitert hat.

Harmlose Unterhaltung, aus einer phantastischen Erzählung destilliert? Oder raffinierte Propaganda zur Ablenkung des Volkes, mitten im Vernichtungskrieg? Wie frei war Erich Kästner beim Schreiben der Dialoge? Darüber ist viel diskutiert worden, für beide Einschätzungen gibt es Argumente.

Einige Szenen, die offenkundig der NS-Ideologie widersprachen, wurden angeblich vor der Premiere herausgeschnitten. Darunter eine, die auf Joseph Goebbels anspielte. Erhalten blieb aber die eindeutig kritische Bemerkung, als Münchhausen seinen Diener auf eine defekte Uhr hinweist: «Die Zeit ist kaputt.» Und Casanova warnt die Prinzessin Isabella d'Este: «Seien Sie trotzdem vorsichtig. Die Staatsinquisition hat zehntausend Augen und Arme; und sie hat die Macht, Recht und Unrecht zu tun – ganz wie es ihr beliebt.»

Klar antisemitische Untertöne schwingen mit in der Rolle des Grafen Cagliostro, gespielt übrigens von Ferdinand Marian. Der hatte zuvor in Veit Harlans Hetzfilm «Jud Süß» die Hauptrolle übernommen, was dem einen oder anderen Zuschauer bestimmt noch erinnerlich war.

In Heinrich Deterings Essay «Politisches Tabu und politische Camouflage in Erich Kästners Münchhausen-Drehbuch» heißt es: «Zum Jubiläum und mitten im Weltkrieg sollte dem Ausland wie den Deutschen ein glanzvoller, abenteuerlicher (...) Film präsentiert werden, der weder von den politischen Verhältnissen im Reich noch von den Schrecken des Krieges etwas ahnen ließ, und umso überzeugender die technische und künstlerische Leistungsfähigkeit Nazi-Deutschlands unter Beweis stellen sollte.»

Mit 18 Millionen Zuschauern war «Münchhausen» einer der erfolgreichsten Filme der dreißiger und vierziger Jahre. 1991 strahlte das ZDF eine Fassung aus, die dem Original entsprechend rekonstruiert worden war, eingeleitet von der immer noch unfassbar munteren Ilse Werner, die im Film die Prinzessin Isabella d'Este gegeben hatte. Undeutlich blieb, ob diese ergänzte Fassung tatsächlich komplett war.

2012 gab es eine Neuverfilmung mit Jan Josef Liefers in der Hauptrolle, die aber mehr oder weniger klanglos durchfiel. Wenn die Abenteuer von Münchhausen ins Fernsehprogramm geholt werden sollen, fällt die Wahl meist immer noch auf den alten Hans-Albers-Film.

Auch der tschechische Regisseur Karel Zeman hat einen Münchhausen-Film gedreht, der besonders durch seine Effekte auffiel: Zeman war bekannt dafür, dass er Schauspielerszenen mit Trickfilm-Elementen ergänzte.

Bernhard Wiebel verzeichnet auch noch Trickfilme à la Mickey Mouse, die, da ziemlich primitiv, besser unerwähnt bleiben sollten.

Ganz im Gegensatz zu einem leider vergessenen Beispiel aus den sechziger Jahren, der kabarettistischen Filmsatire «Genosse Münchhausen» von Wolfgang Neuss. Der schrieb nicht nur das Drehbuch, sondern führte auch Regie, spielte die Hauptrolle in Gestalt des Bauern Oskar Puste (!) und produzierte den Streifen. Ferner traten auf: die später vor Gericht als Mörderin angeklagte Ingrid van Bergen als Betty Altmann, der Showmaster Peter Frankenfeld als Jahrmarktschreier, der legendäre Hansjörg Felmy als Mann mit Feuer sowie Achim Strietzel als Oberregierungsrat. Und das waren noch nicht alle. Gedreht wurde in Hamburg, Berlin, in der Umgebung von Helmstedt – und auf Sylt. Dort stieß Neuss auf den damaligen Innenminister Gerhard Schröder (CDU) und nervte ihn so lange, bis der ihm eine finanzielle Unterstützung zusagte. Selbst der ZEIT-Verleger Gerd Bucerius steuerte 30 000 Mark bei.

Die Handlung wogt hin und her zwischen Streitigkeiten an der innerdeutschen Grenze, springt zu Bauer Puste und seinem ostdeutschen Gegenspieler, schwenkt dann kühn in die Welt der Spionage, als Puste einen Aufklärungsflug in die Sowjetunion unternimmt. Daran lässt sich in etwa die Münchhausen-Assoziation festmachen.

Bald muss Puste allerdings erkennen, dass der Kampf ums Überleben auch in der Sowjetunion hart ist, er schlägt sich – Russisch spricht er ein wenig als ehemaliger Kriegsgefangener – unter anderem als Busfahrer, Holzfäller, Fischer und Gepäckträger durch. Schließlich landet er in einem Ausbildungslager für Kosmonauten, wird in eine Rakete gesetzt und endet nicht, wie geplant, auf der Venus, sondern an einem Nacktbadestrand auf der Insel Sylt. Als hier jedoch nicht Minister Gerhard Schröder als Deus ex machina auftritt, hat Bauer Puste endgültig genug von aller Fremdbestimmung. Er flieht und sucht seine alte Scholle wieder auf, die mittlerweile freilich verstaatlicht worden ist.

«Genosse Münchhausen» gilt als Versuch von Wolfgang Neuss, das Medium Kabarett auf die Leinwand zu übertragen. Das Echo auf diese Arbeit hat ihn nicht unbedingt ermutigt.

Ob das nun eher eine Persiflage, eine beißende Ideologiekritik oder einfach nur Klamauk sein sollte, darf der Zuschauer selbst entscheiden – vorausgesetzt, er hat Gelegenheit, diesen Film zu sehen.

In der Sowjetunion hatte 1979 ein zweiteiliger Fernsehfilm von Mark Sacharow Erfolg, «Genau jener Münchhausen» (russisch: «Tot samyi Münchhausen»). Das Drehbuch verfasste Grigorij Gorin. Ein ziemlich wildes Potpourri aus Versatzstücken der Abenteuererzählungen und freiem Umgang mit biographischen Details. Ort der Handlung ist das Kurfürstentum Hannover, 1779. Mit großer Phantasie und unkonventionellem Verhalten gibt der Baron Münchhausen einen romantischen Helden, der sich nichts aus gesellschaftlicher Konvention macht und laufend gegen Tabus verstößt. Die Hauptrolle spielte Oleg Jankowskij, es wurde einer seiner größten Erfolge.

Weil viele Szenen offensichtlich den sowjetischen Alltag parodierten, wurde der Film als Satire auf die spätsowjetische Gesellschaft verstanden. Die Zensur hielt sich – anders als bei vorangegangenen Arbeiten Sacharows – überraschend zurück. Im September 2019 meldeten auch deutsche Feuilletons den Tod Mark Sacharows, immer mit Hinweis auf seinen Erfolg «Genau jener Münchhausen». Im Jahr zuvor war ihm für sein künstlerisches Wirken in seiner Heimat noch der Titel «Held der Arbeit» verliehen worden.

MÜNCHHAUSENS ABENTEUER, DAMALS

Eine Nacherzählung der bekanntesten Abenteuer des Lügenbarons

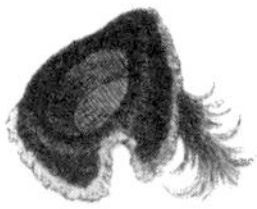

Der Flug mit den Enten

Er konnte es nicht lassen, das Jagen, und mitunter hat man den Eindruck, Hieronymus sei tagein, tagaus auf Jagd gegangen. Einer, der immer wieder lospirschte, um Tieren aller Art nachzustellen und sie zu erlegen. Beinahe atavistisch wirkt seine Besessenheit, dieser Kampf zwischen Mensch und Kreatur. Immer neue Varianten erfindet er von flinken Hunden, fixen, niemals laufmüden Hasen, gefräßigen Bären und nimmersatten Wölfen. Unnötig hinzuzufügen, dass Hieronymus dabei fast immer der Gewinner bleibt.

Langweilig, oder? Ich bin keine Jägerin. Allerdings erinnerte mich ein Jäger jetzt höflich daran, dass die Jagd zu Hieronymus' Zeiten eine völlig andere war als heute üblich - dank raffinierter Schrotflinten und Bockbüchsen, mit Zielfernrohr und ausgeklügelter Patronentechnik.

Als letzte Schnurre findet sich bei Bürger die Sache mit der Jagdweste: Die hat sich Münchhausen schneidern lassen aus dem Fell eines ganz besonders geschickten Jagdhundes. Die Weste führt ihn wundersamerweise immer genau dahin, wo das Wild gerade steht. Das ist sehr praktisch, und wenn Münchhausen sich der Stelle nähert, fliegt einer der Knöpfe dieser Wunderweste auch noch genau zu der Stelle, wo sich ein Tier versteckt ...

Wie immer verbirgt sich hinter dieser Schilderung ein Wunsch, den vermutlich viele seiner Zeitgenossen nachvollziehen konnten, jedenfalls diejenigen, die ebenfalls gern zur Jagd gingen: dass man nämlich nicht stundenlang durch Regen und Kälte streifen will, ohne «etwas gesehen» zu haben, was sich schießen ließe.

So ähnlich hätte es sich auch beim Abenteuer mit den Enten verhalten können. Münchhausen sieht auf einem See ein Dutzend wilder Enten schwimmen. Dummerweise jedoch hat er nur noch einen Schuss in der Flinte. Ach, da fällt ihm ein, dass er ja noch ein Stück Schinkenspeck in der Tasche hat, ideale Lockspeise also. Er bindet den fettigen Würfel an eine verlängerte Hundeleine, legt die Schnur aus und versteckt sich im Schilf. Richtig, da kommen die Enten angeschwommen, und haps, schon verschluckt die erste den Bissen. Der ist so schön glatt und flutscht samt Schnur durch den Magen, um die Ente rückwärts zu verlassen, und schon verschluckt ihn die nächste Ente, ein einziger Bissen reicht, die Vögel wie Perlen auf der Schnur aufzureihen.

Diese Entenkette zieht Hieronymus dann zu sich und marschiert damit nach Hause. Bis er feststellt, dass seine Beute ziemlich schwer ist – und außerdem flattern die Enten, kaum haben sie sich vom Schreck erholt, auch noch aufgeregt mit den Flügeln. Schon erhebt sich die ganze

Schar mitsamt dem furchtbar schlauen Jäger in die Lüfte. Dass das eine große Hilfe ist, versteht Hieronymus aber nicht sofort - erstaunlich! Er fürchtet, wer weiß wohin mit den Enten zu fliegen; dann aber nimmt er die Sache wieder wie gewohnt in die Hand und wedelt mit seinen Rockschößen so lange in die richtige Richtung, bis die Entenkette mit ihm über sein Haus einschwebt. Um zu landen, kommt es nur noch drauf an, den Hals und Kopf jeder Ente ein wenig hinunterzudrücken, also gewissermaßen den Gegenschub einzuleiten, und zack! geht es durch den Schornstein geradewegs in die Küche hinunter. Was die armen Enten dort erwartet, ist nicht schwer zu erraten.

Mitleid mit den überlisteten Kreaturen kennt dieser Jäger nicht. Er vergisst auch, ihre verzweifelten Rufe zu erwähnen. Die Heldentat erlaubt keine Zwischentöne. Ob Gottfried August Bürger selbst zur Jagd ging? Das müsste man noch einmal untersuchen.

ZWEI REISEN NACH RUSSLAND, AUF HIERONYMUS' SPUREN

~

Der alte Münchhausen hat, wie schon geschildert, prägende Jahre seiner Jugend in Russland und Litauen verbracht. Aber wer hätte gedacht, dass er dort heute noch nicht nur bekannt ist, sondern geradezu verehrt wird, unter anderem als Held verschiedener Filme und – ungelogen! – als eine Art Schutzpatron der russischen Raumfahrt? Matthias und Rembert Münchhausen haben das auf zwei bemerkenswerten Reisen nach Russland selbst erlebt. Hier ihre Berichte:

~

Münchhausen auf Weltraum-Mission

Zwei der weniger bekannten Abenteuer von Hieronymus Münchhausen erzählen von seinen Reisen zum Mond. Wie er es überhaupt schafft, dort hinaufzukommen, ist alles andere als gewöhnlich – beim ersten Mal benötigt er dafür einfach nur eine enorm schnell wuchernde türkische Bohne. Die rankt sich hinauf ins All, bis zum Mond, Münchhausen klettert daran hoch, findet dort die kleine

Axt, die er vermisst hatte, und kommt auf ähnlich überraschende Weise wieder zurück zur Erde.

Diese Geschichte ist der Grund dafür, dass Hieronymus Münchhausen in Russland als ein Held der Raumfahrt gilt. Das wiederum ließ zwei Herren aus Bodenwerder keine Ruhe. Konstantin Bögel hat russische Wurzeln, Herbert Bröckel ist als ehemaliger Samtgemeindedirektor allem gegenüber aufgeschlossen, was mit Münchhausen zu tun hat.

Diese beiden Herren kamen vor zehn Jahren auf die Idee, Münchhausen könnte doch einmal seine aktuellen Kollegen im All besuchen. Natürlich nicht mit Hilfe einer Bohne, sondern per Rakete. Wie das? Ein Gruppenfoto der russischen Kosmonauten und der amerikanischen Astronauten, in das der Kopf von Hieronymus hineinkopiert wurde, sollte auf einer der nächsten Missionen zur Weltraumstation ISS mitgenommen, dort von allen Raumfahrern signiert und mit dem Stempel der Station versehen werden. Die Fotomontage, so die Idee weiter, sollte dann nach der Landung in Russland abgeholt werden und schließlich im Münchhausen-Museum neben dem bekannten Gemälde von Hieronymus für besondere Aufmerksamkeit sorgen.

So weit der Plan. Gesagt, getan – eine Anfrage bei der russischen Weltraumbehörde ergab, dass die Kosmonauten Nikolai Budarin und Fjodor Jurtschichin die Idee ganz prima fanden und mitmachen wollten. Tatsächlich war Münchhausen im Rahmen der ISS-Expedition 24 vom 2. Juni bis 26. November 2010 eine Art Ehrengast auf der Internationalen Raumstation. Der Beweis, also das Foto der Aktion, sollte im Rahmen einer kleinen Feierstunde einer Delegation aus Niedersachsen übergeben werden, und zwar in Tscheboksary, der Hauptstadt der russischen Föderationsrepublik Tschuwaschien. So würde das Exponat dann nach Bodenwerder gelangen.

Als Vertreter der Familie fragte man mich, ob ich mitkommen wolle. Natürlich sagte ich zu, und auch meine Frau Gabriele sowie unser Sohn Philipp waren neugierig auf das Abenteuer. Am Sonntag, dem 27. März 2011, traf sich die Delegation am Flughafen in Hannover – außer Konstantin Bögel mit seiner Tochter Christina und Herbert Bröckel nahmen der Bürgermeister Friedrich-Wilhelm Schmidt sowie Axel Jakobs, der Münchhausen-Darsteller bei den Sommerfestspielen, teil. Bögel und seine Tochter fungierten als Reiseleiter und Dolmetscher.

Unser Flug führte über Moskau, wo wir den Roten Platz besichtigten, bevor es vom Kasaner Bahnhof aus mit dem Nachtzug in das circa 700 Kilometer entfernte Tscheboksary ging, die Hauptstadt der russischen Föderationsrepublik Tschuwaschien, mit etwa so vielen Einwohnern wie Hannover.

Wir landeten mitten im russischen Winter, der Schnee lag etwa einen Meter hoch, der Himmel war strahlend blau. Am Bahnhof wurden wir von einer Delegation des dortigen Münchhausen-Vereins unter Vorsitz eines Herrn Fjeodorow empfangen. Er begleitete uns in das Zentrum, wo wir bereits von sehr würdigen älteren Herren erwartet wurden, wie dem Präsidenten des russischen Weltraum-Vereins sowie dem bereits erwähnten, in Russland enorm populären Kosmonauten Nikolai Budarin. So freundlich empfingen uns die Gastgeber, so zahlreich wurden gegenseitige Trinksprüche ausgetauscht, dass wir die Fahrt im überheizten Nachtzug schnell wieder vergessen konnten.

Eine Tour zu den Landmarks der russischen Raumfahrt folgte: In Schorschely, etwa 30 Kilometer außerhalb von Tscheboksary, besichtigten wir eine Gedenkstätte für den dort geborenen dritten russischen Kosmonauten im Weltall, Andrijan Nikolajew, wo wir Blumen niederlegten und im Gedenken an diesen ungewöhnlichen Tag einen Baum pflanzten. Ob diese deutsche Eiche dem Winter dort standgehalten hat, ist leider nicht bekannt. Dann ging es in das Weltraummuseum, wo wir die Raumanzüge, Cockpitsessel und Weltraumkapseln von Juri Gagarin und dessen ersten Nachfolgern bestaunten. Schließlich zwängten wir uns allesamt in eine winzige Kate, das Geburtshaus von Andrijan Nikolajew. Abends dann der gesellige Höhepunkt: Im feierlichen Rahmen, mit musikalischer Begleitung und einem Essen für zahlreiche Geladene, überreichte uns Nikolai Budarin das besagte, von allen ausführlich bestaunte Foto. Damit nicht genug: Unsere Delegation und die an der Mission beteiligten Kosmonauten wurden zu Mitgliedern des Münchhausen-Vereins von Tscheboksary ernannt. Tags darauf wurden wir überdies noch vom Bürgermeister der Stadt empfangen – und in der Musik- und Kunstschule von Nowatscheboksary sangen und tanzten Schülerinnen und Schüler extra für uns, die Ehrengäste aus dem fernen Deutschland.

Und schon ging es zurück nach Moskau, diesmal meinte der Zug es gut mit uns, die Temperatur war erträglich.

Und falls wir erwartet hatten, dass unsere Mission im Wesentlichen erfüllt war, so wurden wir eines Besseren belehrt. Der Bürgermeister des Moskauer Stadtteils Sokolniki richtete einen Empfang für uns aus – von diesem Moment an verfolgten uns Fernsehkameras auf Schritt und Tritt. Solide Landbewohner wie wir sind derlei nicht recht gewohnt, und besonders ins Schwitzen kam ich, als mich der Bürgermeister bat, doch spontan ein paar Worte an Veteranen aus dem Zweiten Weltkrieg zu richten, die im Saal nebenan auf eine Feier warteten. Wie gern hätte ich in diesem Moment schnell den Rat eines Botschafters eingeholt, um mich diplomatisch geschliffen auszudrücken, doch ich war auf mich allein gestellt. Ich hoffe, es war so halbwegs in Ordnung, Beschwerden folgten jedenfalls keine.

Wo auch immer wir Moskau kennenlernten – auf dem Arbat, der Flaniermeile, in der legendären U-Bahn oder im Messezentrum, wo ein Münchhausen-Forscher mit Namen Makejew eine Pressekonferenz organisiert hatte: Die Kameras folgten uns. An die Popularität unseres Namens hatten wir uns inzwischen halbwegs gewöhnt, aber ganz entspannt erlebten wir diese zwei Stunden mit verschiedensten Medienvertretern nicht. Zumal ich etwa die Frage, was ich empfand, als ich zum ersten Mal merkte, dass ich Münchhausen heiße, kaum beantworten konnte ...

Irgendwo in dieser Zehn-Millionen-Metropole steht tatsächlich eine Bronzeplastik von Hieronymus Münchhausen, auf dem halbierten Pferd, wie er sich erstaunt umdreht und erkennt, warum sein Gaul so viel säuft. Exakt wie jene Skulptur, die vor dem Rathaus in Bodenwerder steht. Natürlich mussten wir auch den Stifter dieser Figur besuchen, nämlich Ruslan Bojarew, einen echten russischen Oligarchen, der durch Cleverness, Tüchtigkeit und vielleicht auch Glück zu erheblichem Reichtum gelangt ist.

Wie schnell es mir normal erschienen war, etwas sehr Besonderes zu sein, stellte ich fest, als mich nach der Ankunft in Hannover die Realität einholte. Nicht etwa Reporter und Kameras warteten dort auf uns, sondern ein gereizter Wachmann, der mir mit der Polizei drohte, falls ich mein Auto nicht umgehend vom gesperrten Terminal B entfernte.

Das großartige Foto aus der ISS mit Hieronymus und seinen Kollegen hängt heute in Bodenwerder, im Münchhausen-Museum.

Für die Feierlichkeiten aus Anlass des 300. Geburtstages von Hieronymus Münchhausen 2020 hat sich der Münchhausen-Verein aus Tscheboksary bereits angesagt – Gabriele, Philipp und ich freuen uns aufs Wiedersehen und werden die rund dreißig Gäste selbstverständlich auch bei uns zu Hause in Apelern begrüßen, in Erinnerung an die Spontanität, Herzlichkeit und Offenheit, die wir erlebt haben.

Festzuhalten bleibt, dass Vorfahr Hieronymus in Russland eine äußerst populäre Figur ist. Der Name «Lügenbaron» ist übrigens in den Tagen unserer Reise kein einziges Mal gefallen, wie wir mit Genugtuung feststellen konnten. In Russland betrachtet man Hieronymus einfach als einen der Ihren, er verkörpert in vollendeter Art Eigenschaften wie Mut, Phantasie und die Fähigkeit, ausgefallene Lösungen für Probleme zu finden. Dass er in Deutschland zumindest zum Teil auch mit negativen Attributen in Verbindung gebracht wird, ist Russen völlig unverständlich.

~

Als Ehrengast in Moskau

«Ich trat meine Reise nach Russland mitten im Winter an ...» Das ist der berühmte erste Satz der «Wunderbaren Reisen zu Wasser und zu Lande des Freyherrn von Münchhausen», wie sie Gottfried August Bürger 1786 erstmals auf Deutsch aufgeschrieben hat.

Und genau so kann auch ich, mehr als zweihundert Jahre später, meinen Bericht beginnen:

Ich trat meine Reise nach Russland nämlich ebenso mitten im Winter an, und zwar drei Tage vor Heiligabend im Jahr 1999, begleitet von meinem Sohn Georg. Der Schriftsteller Grigori Gorin, den wir zuvor in Braunschweig kennengelernt hatten, lud uns ein. Sein Theaterstück «Die lautere Wahrheit oder der Flug der gebratenen Ente» hatte Jahre zuvor schon im ‹Ostblock› Furore gemacht. Wir sahen das Stück auf Deutsch im Braunschweiger Staatstheater. Die in Russland sehr populären Erzählungen von Hieronymus Münchhausen lieferten Grigori Gorin den Stoff für seine regimekritische Komödie.

Der Anlass der Einladung nach Moskau war das zwanzigjährige Jubiläum einer Verfilmung dieses Theaterstücks mit dem Titel «Genau jener Münchhausen» durch den Regisseur Mark Sacharow. Da die Dreharbeiten vor 1989 nicht in Bodenwerder stattfinden konnten, war die sowjetische Filmcrew ins ostdeutsche Wernigerode ausgewichen. Quintessenz war die Kritik an der herrschenden Kommunistischen Partei der Sowjetunion (KPdSU), die bekanntlich immer recht hatte und als Wahrheit erklärte, was sie für Wahrheit hielt.

Für die unkomplizierte Einreise ohne große Kontrolle hatte schon der Hinweis unseres Gastgebers bei den Grenzbehörden am Moskauer Flughafen ausgereicht: «Wir erwarten Baron Münchhausen.» Überhaupt wurden wir in Moskau wie Staatsgäste empfangen. Eine kleine Irritation trat ein, als wir meine Cousine Gustel Opfermann und ihren Mann Karl Ulrich Müller besuchen wollten, der damals in der deutschen Botschaft tätig war. Zwar hatte die uns begleitende Dolmetscherin die deutschen Gäste in der Botschaft angekündigt, doch die Pförtnerin war unsicher und fragte daher bei Karl Ulrich Müller nach: «Hier möchte ein Baron Münchhausen Sie aufsuchen. Aber den gibt es doch gar nicht mehr ...?» Doch, ließ Müller sie trocken wissen, doch, den gebe es, er stehe ja vor ihr, und warum sie ihn daher nicht einfach einlasse?

Höhepunkt unseres Aufenthalts war das abendliche Jubiläumsfest im Moskauer Staatszirkus, wo ich als Überraschungsgast angekündigt wurde. Unsere nette Dolmetscherin allerdings durfte uns zu diesem Anlass nicht begleiten – angeblich, so wurde uns zugeflüstert, sei sie einfach zu alt. Oder nicht schick genug? So kam die rasante junge «Assistentin» des Filmproduzenten Mark Rudinstein zum Einsatz, zwar hochelegant im Zobelpelz, allerdings des Deutschen nicht mächtig. Daher musste ich mein Grußwort auf Englisch vortragen, was von der Zobelpelz-Assistentin dann ins Russische übertragen wurde. Dem amüsierten Moskauer Publikum signalisierte diese Regelung gleich, dass mein Besuch so überraschend wohl doch nicht zustande gekommen war. Während des Empfangs wurde die Mär verbreitet, ich hätte meine Cousine Gustel erst soeben und zufällig in Moskau kennengelernt. Theatralik dieser Art lieben die Russen offenbar, daher wurde mein Hinweis, dass wir uns seit Jugendzeiten kennen, schlicht ignoriert.

Schon ging es wieder heim. Doch bei der Ausreise am Moskauer Flughafen an Heiligabend (in Russland bekanntlich kein Feiertag) erkannten die Sicherheitsbeauftragten beim Durchleuchten meines Koffers eine Blechdose. Bombe oder Kaviar?, war die Frage. Unser offizieller Begleiter musste nur kurz erwähnen: «Das ist Baron Münchhausen, der muss nach Hause», schon erübrigten sich weitere Fragen, die im Kaufhaus erstandene Dose Kaviar blieb im Koffer, wir gingen an Bord und flogen heim.

Rembert Freiherr von Münchhausen, Jahrgang 1951,
lebt in Groß Vahlberg bei Wolfenbüttel.

MÜNCHHAUSEN – EIN NAME WIRD ZUM ABENTEUER

Erlebnisse und Anekdoten anderer Familienmitglieder

~

Ulrike: Wo bleibt der Rohrreiniger?

Ich bin Künstlerin. Genauer: Ich male. Und obwohl Hieronymus Münchhausen kaum als bildender Künstler in Erinnerung geblieben ist, liegt es nahe, dass mir häufig die Frage gestellt wird: Ist das Ihr Künstlername?

«Nein, ich heiße wirklich so!»

Besonders kurios war es, als mein Mann Hubertus und ich dreiundzwanzig Jahre lang in der Pfalz in dem wunderschönen ehemaligen Jagdschloss des Freiherrn von Haacke wohnten. Selbst der Kurfürst von der Pfalz Karl-Theodor soll es vor etwa 250 Jahren einmal mit seiner Frau Elisabeth zum Kaffee besucht haben.

Unsere Adresse lautete Am Schlossgarten 13. Bei einem so alten Haus, das früher von einem Wassergraben umgeben war, bleibt nicht aus, dass die Kanalisation ab und zu ihren Geist aufgibt. Was tun? Den Rohrreinigungsdienst anrufen. Namen nennen: «von Münchhausen». Adresse: «Am Schlossgarten 13.»

Stille am anderen Ende. Dann: «Ja, wir kommen.»

Aufgelegt.

Zehn Minuten später klingelt das Telefon, Martinello & Killguss, Rohrreinigungsdienst: «'tschuldigung, wir wollten prüfen, ob Sie tatsächlich bei uns angerufen haben. Wir haben uns gefragt, ob es vielleicht ein Scherz war.»

Es war nicht das einzige Mal auf diesem Anwesen, dass wir die dringend erwarteten Rohrreiniger erst einmal ermutigen mussten, unseren Auftrag ernst zu nehmen und bitte zu erscheinen. Hinzu kam, dass das alte System eine Herausforderung für die Experten war. Auf diese Weise haben wir mehrere Expressdienste verschlissen, bis die morschen Rohre endlich ersetzt wurden.

Wenn ich irgendwo meine EC-Karte oder meinen Pass vorzeige oder ein Kunden- oder Bankkonto eröffnen will, sehe ich meinem Gegenüber meist schnell an, wie er oder sie intensiv nachdenkt. Dann zähle ich innerlich: einundzwanzig, zweiundzwanzig, dreiundzwanzig ... Bis die Frage kommt: «Ähh, darf man fragen, sind Sie mit dem Lügenbaron verwandt? Gab es den denn wirklich?»

Irgendwann habe ich gemerkt, dass es den Menschen besser gefällt, wenn ich ohne Umschweife mit Ja antworte und gleich aufkläre, dass er eine Art Thomas Gottschalk seiner Zeit war und von seiner jungen Ehefrau ums Geld gebracht worden ist. Genealogische Details wie die weiße oder schwarze Linie der Familie interessieren die wenigsten Menschen.

Ulrike Freifrau von Münchhausen, Jahrgang 1961,
lebt in Weisenheim am Sand / Pfalz.

DAS »MÜNCHHAUSEN-SYNDROM«

Was es mit dieser Krankheit auf sich hat und wer sie entdeckte

~

Hat er das verdient, der alte Hieronymus? Mit einer Krankheit in Verbindung gebracht zu werden? Mit einer Krankheit obendrein, die Ärzte in die Irre führt und an die Grenzen ihrer Möglichkeiten bringt? Wieso muss ausgerechnet er dafür herhalten? Hat Hieronymus Münchhausen nicht einfach nur gut unterhalten?

Die Bezeichnung «Münchhausen-Syndrom» stammt von dem englischen Internisten Sir Richard Asher und tauchte in der Fachliteratur erstmals 1951 auf, leicht britisch verändert als «Munchausen-Syndrome». Warum aber machte Dr. Asher ausgerechnet Hieronymus Münchhausen zum Paten, diesen damals vor gut zwei Jahrhunderten verstorbenen Herrn, der zu Lebzeiten seine Freunde mit abenteuerlichen Erzählungen erfreute? Darüber gibt es keine sichere Erkenntnis. Es ist nur ein weiterer Beweis dafür, dass Hieronymus in England eine ziemlich prominente Figur abgibt.

Worum geht es bei dieser Krankheit? Das Münchhausen-Syndrom zählt zum Kreis der Persönlichkeitsstörungen. Die Erkrankten sind Menschen, die körperliche Beschwerden erfinden und diese beim Arzt so realistisch wie möglich vortäuschen. Sie schildern unterschiedliche Leiden wie Bauchschmerzen oder Kopfweh, ohne dass dafür organische Ursachen zu erkennen sind, oder sie rufen im Vorhinein das Symptom auf unterschiedliche Weise selbst hervor, etwa Wundheilungsstörungen oder dramatische Fieberzustände. Untersuchungen weisen mitunter gar auf Veränderungen des Blutbildes hin, etwa eine Anämie, die dadurch zustande kommen kann, dass der Patient sich selbst Blut entnommen hat.

Im Unterschied zu Simulanten geht es den Münchhausen-Patienten nicht darum, schnell von einer Erkrankung zu profitieren, etwa um ein Attest zu erlangen oder eine Prüfung zu umgehen. Und anders als hypochondrische Menschen haben Münchhausen-Erkrankte überhaupt kein Interesse daran, von Ärzten auf schnellstem Weg gesund gemacht zu werden. Im Gegenteil: Droht ihnen als Klinikpatienten die Entlassung, da man ihnen offensichtlich nicht helfen kann, verschärfen sie die gespielten Krankheitszeichen noch. Belohnt fühlen sich diese Patienten dadurch, dass Fachleute ihnen besondere Aufmerksamkeit schenken – eben gerade, weil ihre Symptomatik rätselhaft und widersprüchlich, ja nahezu unerklärlich ist.

Im Klinikum Stuttgart ist Professor Dr. Annegret Eckhardt-Henn tätig. Sie hat sich unter anderem mit dem Münchhausen-Syndrom beschäftigt und dazu publiziert. «Münchhausen-Patienten neigen zu einem stark dramatisierenden Verhalten und zu einer Pseudologia phantastica, einem habituell auftretenden, zwanghaften, unkontrollierbaren Lügen», erläutert sie. Es handele sich um eine schwere narzisstische Persönlichkeitsstörung. Interessant, dass überwiegend Männer betroffen sind.

Die Heilungschancen dieser Erkrankung seien ausgesprochen schlecht, es gebe kaum erfolgreiche Behandlungen. «Die Patienten sind in der Regel überhaupt nicht motiviert, sich behandeln zu lassen, und haben bezüglich ihrer eigentlichen Erkrankung auch keinen Leidensdruck.» Haben sie den Eindruck, der Arzt nehme ihr Leiden nicht ernst genug oder sei am Ende seiner Kunst, entlassen sie sich selbst aus der Klinik oder brechen die Behandlung ab. «Vor allem das ständige Reisen, die Pseudologia phantastica und die permanenten Beziehungsabbrüche machen eine Therapie fast unmöglich», so das Resümee der Psychiaterin.

Pseudologia phantastica? Da horchen Münchhausen-Freunde natürlich auf. Was könnte damit gemeint sein? Bietet dieser Begriff womöglich die Brücke zwischen der historischen Figur und ihrer Vereinnahmung durch die medizinische Terminologie?

1891 veröffentlichte der Psychiater Anton Delbrück eine Habilitationsschrift, Titel: «Die pathologische Lüge und die psychisch abnormen Schwindler». «Pseudologia phantastica» gilt seither als Terminus einer Erkrankung, bei der es Menschen an Selbstwertgefühl fehlt und die sich daher in eine Art Wunsch-Existenz hineinphantasieren, mit Hilfe erfundener Identitäten oder Erlebnisse. Pseudologen werden relativ selten vorstellig in psychiatrischen Praxen, denn sie selbst kommen gut klar mit ihrer Pseudo-Existenz, so lange sie nicht auffliegen; sie sind keine Hochstapler – in der Regel erwarten sie nicht, mit ihren Märchenerzählungen materielle Vorteile zu erzielen.

Der Berliner Psychiater Hans Stoffels hat vereinzelt auch bei Schriftstellern Anzeichen von «Pseudologia phantastica» ausgemacht, er nennt unter anderem Karl May. Der bekanntlich suggerierte, mit seiner Romanfigur Old Shatterhand identisch zu sein.

Und Hieronymus? Sind seine Reisen und Abenteuer mit diesem Begriff angemessen beschrieben? Tauchte er heute in der Praxis von Hans Stoffels auf, würde der Psychiater ihm gut zuhören, sich vermutlich auch gut unterhalten fühlen, aber ihn kaum als krankhaften Lügner beschreiben.

Beinahe noch tragischer ist eine jüngere Variante des Münchhausen-Syndroms, das als «Munchausen-Syndrome by proxy» (erweitertes Münchhausen-Syndrom) bekannt geworden ist. Erstmals beschrieben wurde es 1977 von dem englischen Kinderarzt Roy Meadow in der Fachzeitschrift *The Lancet*. Es handele sich um eine besondere Form der Kindesmisshandlung, in der Mehrzahl der Fälle seien Mütter die Täterinnen. Sie täuschen Krankheitssymptome bei ihren Kindern vor, erzeugen solche absichtlich oder erfinden sie einfach. Um als besonders aufopfernd, engagiert und fürsorglich zu gelten, nehmen sie in Kauf, dass die Kleinen zahllose Therapieansätze erleiden, eventuell gar unnötigerweise operiert werden.

Das Münchhausen-Syndrom ist ein weiterer Beleg dafür, dass die literarische Figur sich von der historischen weit entfernt hat und für die verschiedensten Zwecke in Anspruch genommen werden kann. Für den alten Hieronymus sind Beziehungsabbrüche, Identitätswechsel und erfundene Krankheiten jedenfalls nicht belegt. Bestimmt hatte er eine blühendere Phantasie als seine Zeitgenossen. Aber nein, Sir Richard Ashers Idee, die oben beschriebene Störung mit dem Namen Münchhausen in Verbindung zu bringen, kann uns als Nachgeborenen nicht gefallen. Hätte er nicht Karl May als Paten nehmen können?

LITERATURVERZEICHNIS

Bürger, Gottfried August: Wunderbare Reisen zu Wasser und zu Lande, Feldzüge und lustige Abenteuer des Freyherrn von Münchhausen, wie er dieselben bey einer Flasche im Circel seiner Freunde selbst zu erzählen pflegt. Nach der Ausgabe von 1788, herausgegeben von Irene Ruttmann. Philipp Reclam jun., Stuttgart 1969.

Bundesministerium der Finanzen: Pressemitteilung 20-Euro-Gedenkmünze «300. Geburtstag Freiherr von Münchhausen». Berlin 2019.

Bundesministerium der Finanzen: Kabinettsache Datenblatt Nr. 19/08080. Zustimmung zur Prägung der 20-Euro-Gedenkmünze «300. Geburtstag Freiherr von Münchhausen». Berlin 29. 5. 2019.

Deutsches Münzen Magazin: N. N.: Zweite deutsche Farbmünze, 300. Geburtstag Freiherr von Münchhausen. Stuttgart 2019.

Detering, Heinrich: Politisches Tabu und politische Camouflage in Erich Kästners Münchhausen-Drehbuch (1942). In: Michael Braun (Hg.), *Tabu und Tabubruch in Literatur und Film*. Würzburg 2007.

Eckhardt-Henn, Annegret: Artifizielle Störungen. In: Deutsches Ärzteblatt 93, Heft 24, 14. Juni 1996.

Ivanovic, Nada: Hieronymus Carl Friedrich Freiherr von Münchhausen und die Geschichte des letzten deutschen

Volksbuchs. Bachelorarbeit Humboldt-Universität zu Berlin 2009.
Jessen, Jens: Was vom Adel blieb. Zu Klampen, Essay. o. O. 2018.
Mann, Thomas: Joseph und seine Brüder. Frankfurt 1974.
Münchhausen, Thankmar Freiherr von: Ein guter Mann, kein Lügner, in: Frankfurter Allgemeine Zeitung, 22. Februar 1997.
Raspe, Rudolf Erich: Münchhausens Abenteuer – die phantastischen Erzählungen vollständig aus dem Englischen übersetzt. Herausgegeben von Stefan Howald und Bernhard Wiebel. Frankfurt 2015.
Weiß, Alida: Wer war Münchhausen wirklich? Bodenwerder 1977.

ANNA VON MÜNCHHAUSEN,
Jahrgang 1953, hat in London und Hamburg Geschichte und Anglistik studiert und an der Henri-Nannen-Schule das journalistische Handwerk gelernt. Schrieb und redigierte als Redakteurin in der «ZEIT», als stellvertretende Ressortleiterin in der «Frankfurter Allgemeinen Sonntagszeitung» und zuletzt als Textchefin in der «ZEIT».